KB042613

광해록

광희록 9

초판 1쇄 인쇄일 2015년 6월 19일 | **초판 1쇄 발행일** 2015년 6월 23일

지은이 조 휘 | **펴낸이** 곽중열 | **담당편집 팀장** 이범수
편집부 신연제 이윤아 김호성 김은경

펴낸곳 (주)조은세상 | 출판등록 제 2002-23호
주소 경기도 연천군 미산면 청정로 1355
TEL 편집부 02)587-2966 | FAX 02)587-2922
e-mail bukdu@comics21c.co.kr

ⓒ조 휘 2014
ISBN 979-11-5832-122-2 | ISBN 979-11-5512-853-4(set) | 값 8,000원

NEO ALTERNATIVE HISTORY FICTION

조휘 대체 역사 장편소설　9

光海錄

북두
(도)좋은세상

CONTENTS

NEO ALTERNATIVE HISTORY FICTION

광해록

1장. 선제공격(先制攻擊)

光海錄

1장. 선제공격(先制攻擊)

4월을 지나 5월 초입에 막 접어든 시기였다.

이젠 기온차가 줄어들어 감기환자가 더 이상 나오지 않았다. 3만 명을 책임지는 지휘관 입장에서는 반가운 일이었다.

부대의 작전능력을 떨어트리는 데는 전염병이 가장 무서웠다.

전염병의 종류는 두 가지였다.

하나는 공포와 나태, 또는 반란과 같은 정신적인 전염병이었다.

그리고 다른 하난 감기, 이질, 콜레라, 장티푸스처럼 흔히 말하는 전염병이었다. 어쨌든 누가 났다하기 힘들 만큼 둘다 최악이었다. 내부에서 무너진다면 부대 유지가 힘들었다.

전쟁 전, 이혼은 위생과 관련해 네 가지 엄명을 내렸다.

첫 번째, 장병에게 주는 물은 반드시 끓여서 내갈 것.

두 번째, 장병은 식사 전 반드시 손과 얼굴을 씻을 것.

세 번째, 장병은 용변 보는 장소를 위생적으로 관리할 것. 마지막 네 번째는 병사들의 식사를 추진하는 보급관은 반드시 신선한 재료와 깨끗한 물을 이용해서 만들 것 등이었다.

다행히 잘 이행했는지 감기 외에는 별다른 전염병이 없었다.

드르륵!

막사 문을 연 이혼은 눈을 찌르는 햇살에 놀라 잠시 서 있었다.

한여름에 접어들었는지 해가 점점 빨리 떠올랐다.

어둠에 익숙해져있는 눈이 빛에 익숙해지길 잠시 기다린 이혼은 대야를 든 조내관이 조심조심 걸어오는 모습을 보았다.

대궐에 있을 때는 지체 높은 상선으로 손짓 하나에 수백 명의 내관을 부리던 몸이었지만 지금은 군대의 당번병처럼 이혼의 수발을 드느라 정신이 없었다. 전쟁에 나가는데 내관과 궁녀 수십을 대동하기는 힘들었다. 그렇다고 그가 명색이 임금인데 시중들 사람 없이 나가기도 뭐한 감이 있었다.

그런 이유로 이혼은 상선 조내관을 포함한 내시부 관원 세 명을 대동했다. 그리고 그 세 명이 지금까지 세안, 식사, 침소정리, 의복관리, 잡다한 심부름 등의 일을 맡아 수행했다.

이혼의 시선이 조내관의 행색을 빠르게 훑었다.

그가 전장에서 움직이기 수월하며 때 역시 잘 안타는 검은색 비단 철릭을 애용하는 거처럼 조내관 역시 답답한 내관 복장 대신에 장병이 입는 녹색 위장무늬 군복을 착용했다.

이혼이 만든 군복은 현대 병사가 입는 군복과 거의 같았다.

다만, 염색기술이 좋지 못해 조금 조악해보일 뿐이었다.

상의는 녹색과 검은색, 그리고 갈색이 드문드문 섞인 위장무늬에 앞섶을 잘 여미기 위한 목적으로 단추를 적당히 달아 만들었다. 또, 좌우에 물건보관이 가능한 주머니 두 개가 있었으며 개인 식별을 위해 이름과 계급을 실로 수놓았다.

바지 역시 녹색과 검은색, 그리고 갈색을 섞은 위장무늬 바탕에 조선인의 체형과 어울리는 형태로 제작했다. 백성이 입는 바지는 엉덩이부분이 애를 몇 낳은 중년여인의 엉덩이처럼 펑퍼짐해서 전투를 하는 군인에게는 어울리지 않았다.

대야에 든 세숫물이 쏟아지지 않게 조심조심 걸어오던 조내관은 이혼이 나와 있는 모습을 보았는지 걸음을 서둘렀다.

　그 바람에 폭풍이 몰아치는 바다처럼 좌우로 출렁이던 세숫물이 대야를 타넘어 조내관의 군복 앞섶을 적시기 시작했다.

　"천천히 오시오."

　이혼이 말렸지만 조내관은 듣지 않았다.

　조내관은 뛰다시피 걸어와 헐떡이며 대야를 앞에 내려놓았다.

　"세안하실 물이옵니다."

　"세숫물을 뜨러 어디까지 갔던 게요?"

　다분히 책망하는 투였으나 조내관은 신경 쓰지 않는 듯했다.

　"이번에는 그리 멀리 가지 않았사옵니다."

　"병사들이 씻는 물로 씻어도 괜찮으니 다음부턴 그러지 마시오."

　조내관은 말이 없었다.

　이혼이 조내관과 같이 지낸지 거의 3년째에 접어들었다.

　그래서 불만이 있을 때 대꾸하지 않는 성격임을 이제는 알았다.

이혼은 혀를 차며 물었다.

"왜 또 말이 없는 거요?"

그제야 조내관의 입에서 볼멘소리가 터져 나왔다.

"상감마마께서 어찌 병사들과 같은 물을 쓸 수 있겠사옵니까?"

"이 물이나, 그 물이나 별 반 차이가 없지 않소?"

조내관은 아니라는 듯 펄쩍 뛰며 대답했다.

"이 물은 깨끗한 샘에서 떠온 물이옵니다."

"알겠소. 상선 하고 싶은 대로 하시구려."

항복한 이혼은 두 팔을 앞으로 내밀었다.

신이 난 상선은 얼른 이혼의 철릭 소매를 팔뚝 위로 걷어주었다. 소매를 걷은 이혼은 상선이 떠온 물로 세안을 하였다.

그러나 여염집 백성처럼 쪼그리고 앉아 얼굴을 닦을 수는 없기에 다른 내관이 물이 든 대야를 들어 이혼 앞에 내밀었다.

시원한 샘물에 얼굴을 담그니 잠의 여운이 깨끗이 사라졌다.

옆에서 기다리던 상선은 깨끗한 광목천을 건넸다.

"여기 수건이옵니다."

이혼은 수건을 받아 얼굴과 손, 목에 묻은 물기를 닦아냈다.

수건과 대야를 다른 내관에게 건넨 상선이 물었다.

"오늘 아침 수라는 어디서 드시겠사옵니까?"

"날이 쾌청하니 밖에서 먹겠소."

"그럼 평상 위에 차려놓겠사옵니다."

상선은 조반을 준비하기 위해 군막 뒤로 달려갔다.

군막 뒤에서는 세 번째 내관이 임금의 수라를 담당하는 숙수(熟手)를 도와 조반을 짓는 중이었다. 이혼은 병사들이 먹는 군량을 먹어도 상관없었으나 상선이 하자는 대로 하였다.

신하의 충심을 굳이 거절할 필요는 없었다.

이혼은 평상에 앉아 아침식사가 나오기를 기다리며 주위를 둘러보았다. 여느 때와 비슷한 아침이었다. 밤새 식은 공기를 동녘에서 떠오른 태양이 다시 열심히 덥히는 중이었다.

해가 중천에 떠오를 때는 겉옷을 벗어야할 만큼 더울 것이다.

이혼의 시선이 눈부신 빛을 발하는 하늘에서 밑으로 내려왔다.

익숙한 얼굴이 보였다.

금군청 대장 기영도는 여전히 매처럼 날카로운 눈으로 주위를 경계하는 중이었다. 그와 기영도와의 거리는 3미터였다.

이혼이 있는 막사 주위를 금군 5백여 명이 육중한 방패와 용아를 이용해 경계 중이었다. 그러나 기영도는 자신의 눈으로 직접 확인하지 않으면 마음을 놓지 못하는 성격이었다.

기영도는 금군청 부대장과 돌아가며 12시간 동안 번을 섰다.

2조 2교대였다.

전쟁이 일어난 지 보름 가까이 지나서 피곤이 극에 달할 시점이었다. 그러나 기영도의 눈빛은 전혀 흔들림이 없었다.

아침상을 손에 든 조내관이 평상으로 걸어왔다.

왕실 숙수가 만든 밥과 국, 반찬 세 가지.

가짓수는 적지만 적절한 탄수화물에 지방, 단백질, 각종 무기질 영양분이 가득한 밥상이었다. 이혼은 맛있는 국 하나만 있으면 밥 한 공기 뚝딱하는 식성이어서 평소에 반찬을 많이 먹지 않았다. 숙수는 당연히 이혼의 식성을 잘 알았다.

밥을 한 숟갈 크게 떠 집어넣은 이혼은 우물거리며 주위를 둘러보았다. 먹이를 먹는 영양과 같은 자세였다. 초식동물은 항상 주위를 경계해야했다. 그래야 살아남아서 자기 유전자를 후손에게 물려줄 수 있는 기회를 얻을 수가 있었다.

이혼은 물론 초식동물이 아니었다.

언제, 어디서, 어떻게 일이 생길지 몰라 조심할 따름이었다.

평화로운 아침이었다.

그 주위를 몇 겹으로 둘러싼 금군청의 금군만 아니면 어느 한적한 산골에 소풍 나온 사람의 모습과 별반 다르지 않았다.

아침을 먹은 이혼은 조내관이 떠온 숭늉으로 입가심을 하였다.

배에 따뜻한 게 들어가니 그제야 힘이 좀 나는 듯했다.

조내관이 빈 그릇을 받으며 물었다.

"바로 출발하시겠사옵니까?"

"그래야겠소. 아무래도 오늘은 아주 긴 하루가 될 거요."

이혼의 대답에 조내관은 서둘러 움직였다.

먼저 이혼이 갈아입을 옷을 챙기러 가면서 다른 내관에게 이혼의 군마를 대령하게 하였다. 이혼은 느지막이 군막 안에 들어가 조내관이 준비한 옷을 보았다. 병사들이 입는 위장무늬 군복이었다. 이혼은 조내관 앞에서 양 팔을 활짝 벌렸다.

조내관은 옷고름을 풀어 먼저 철릭을 벗겼다.

그리곤 저고리와 바지 역시 옷고름을 풀어 벗겼다. 이혼은 이내 고쟁이만 입은 상태에서 조내관이 건넨 군복 바지를 발에 꿰었다. 한 번에 하나씩, 두 다리를 바지에 꿴 이혼은 바지춤을 올려 지퍼 대용으로 만든 단추 세 개를 채웠다.

바지는 몸에 달라붙지 않았다.

그렇다고 너무 펑퍼짐한 편도 아니었다.

몸에 달라붙으면 움직일 때 살갗이 쓸린다. 그리고 펑퍼짐하면 반대로 옷이 거슬린다. 그래서 그 중간단계가 필요했다.

이혼은 조내관이 건넨 군복 상의를 팔에 꿰어 입었다.

상의 역시 바지와 마찬가지였다.

적당히 붙는 형태였다.

양쪽 가슴 위에는 물건을 보관하는 주머니가 하나씩 있었다. 그리고 왼쪽 주머니 위에는 네모난 명찰이 하나 더 있었다.

원래 군복 명찰에는 군복 주인의 이름과 계급이 있어야 했는데 그에게는 따로 필요 없었다. 그 자체가 곧 조선이었다.

상의 단추를 모두 채운 이혼은 조내관이 건넨 철모를 받았다.

그러나 바로 쓰지는 않았다.

먼저 머리와 철모의 딱딱한 부분이 닿지 않도록 해주는

완충장치를 손으로 눌러 점검해보았다. 완충장치가 없으면 병사들이 행군할 때, 그리고 빠르게 달려야할 때 철모의 딱딱한 부분이 머리의 약한 부위를 가격해 고통을 겪어야했다.

이혼은 손을 옆으로 뻗었다.

마치 아내처럼 옆에서 이혼의 복장착용을 돕던 조내관은 비단을 벙거지모양으로 꿰매 만든 모자를 얼른 건네주었다.

이혼은 잠시 서서 손에 쥔 벙거지를 보았다.

꿰맨 모양이 조금 어설펐다.

바느질 솜씨가 아주 뛰어나지는 않지만 그렇다고 완전 숙맥은 아닌 사람이 공을 들여 만든 거처럼 보이는 벙거지였다.

이혼의 머릿속에 대구로 출발하기 며칠 전의 일이 떠올랐다.

수줍게 다가온 미향은 그 앞에 벙거지를 내밀었다.

"이게 필요할 것이옵니다."

"무엇이오?"

"철모 안에 쓰면 머리가 편하다는 말을 들었사옵니다."

이혼은 벙거지의 용도를 그제야 깨달았다.

"이런 생각은 어떻게 했소?"

"근위사단 장교들의 부인이 가끔 찾아와 같이 다과를

드는데 그 곳에서 남편에게 이렇게 해준다는 말을 들었사
옵니다."

익선관을 벗은 이혼은 바로 벙거지를 써보며 웃었다.

"잘 어울리오?"

미향은 붉어진 얼굴로 고개를 숙였다.

"소첩의 솜씨가 좋지 않아 송구스러울 따름이옵니다."

이혼은 고개를 저었다.

"부인이 침방의 침모(針母)에게 명해 만들었다면 과인은
이렇게 감동받지 않았을 것이오. 전장에서 당신이 만들어
준 이것을 쓰고 반드시 승리하리다. 그리고 살아서 돌아오
리다."

"그럼 더없이 기쁠 것이옵니다."

고개를 든 미향의 얼굴에 걱정이 담긴 미소가 떠올랐다.

근위사단 장교부인들이 남편에게 벙거지를 만들어 주는
데는 단순히 머리가 편하도록 하기 위해서는 아니었다. 그
벙거지 안에는 남편이, 아버지가, 할아버지가, 그리고 아
들이 살아 돌아오길 기원하는 가족들의 간절한 염원이 들
어있었다.

이혼은 미향이 만들어준 벙거지를 썼다. 그리고 위에 철
모를 덮었다. 마지막으로 턱 끈을 조여 움직이지 않게 한
이혼은 조내관이 건넨 용미를 권총집에 차서 허리띠에 넣
었다.

용미는 용아에서 갈라져 나온 두 개의 총 중 하나였다.

하나는 용아의 총신을 잘라 만든 산탄총 형태의 용두였다. 그리고 다른 하나는 용미로 용아를 작게 축소한 권총이었다.

용미에는 두 가지 용도가 있었다.

하나는 적이 접근했을 때 이를 막아내기 위한 용도였다.

원래 권총의 사거리는 그 짧은 총신만큼이나 짧아서 몇 미터에 불과했다. 아니, 몇 미터 밖의 적도 명중하기가 힘들었다.

그러나 어쨌든 모든 방어수단이 뚫렸을 때 자신을 지키는 마지막 수단이었다. 그리고 칼 보다는 권총이 사거리가 길었다.

두 번째 이유는 자결을 위해서였다.

전황이 최악으로 흘러 도망칠 수조차 없을 때는 차라리 목숨을 끊는 편이 남아있는 조정과 백성들에게 더 이득이었다.

포로로 잡힌다면 그보다 끔찍한 결과는 없었다.

이혼은 항상 그 점을 염두에 둔 상태에서 전장으로 출발했다.

마지막으로 상의 위에 무거운 방탄조끼를 걸쳤다.

사람에게 있어 가장 중요한 급소는 당연히 뇌가 있는 머리였다. 뇌에 피를 공급하는 심장 역시 중요하긴 하지만 뇌는 약간의 충격에도 중상을 입는 기관이었다. 단단한 뼈가 괜히 머리 전체를 에워싸 보호하는 게 아니었다. 그래서 전에는 투구, 그리고 지금은 철모를 만들어 뇌를 보호했다.

뇌 다음으로 중요한 곳을 꼽으라면 심장이 있었다.

이혼은 심장을 보호할 목적으로 몇 킬로그램이 넘는 철판 두 장을 앞뒤에 넣은 방탄조끼를 제작해 보급했다. 2, 30미터 거리에서는 방탄조끼가 적의 탄환을 완벽히 막아내지 못하지만 그보다 긴 거리라면 목숨을 부지할 확률이 높아졌다.

생존성에서 차이가 지대했다.

이혼은 도원수 권율을 통해 엄명을 내렸다.

"방탄조끼 안에 들어있는 철판을 빼고 움직이는 병사들이 있는데 만약 걸릴 경우, 군율에 의해서 엄히 처벌할 것이다."

명을 내린 이혼은 모범을 보이기 위해 전장에 나설 때는 항상 군복 위에 방탄조끼를 걸쳐 적의 위협에 미리 대비했다.

모든 준비를 마쳤을 무렵.

조내관이 옆에서 구리로 만든 동경을 건넸다.

이혼은 동경을 받아 전신을 비춰보았다.

평범한 철모와 평범한 군복이었다.

장병의 계급과 이름을 부착하는 철모 앞과 군복 상의는 텅 비어있었다. 철모와 옷에 붙은 계급은 원래 작게 만드는 게 야전의 철칙이었다. 적의 저격수에게 좋은 일 시켜줄 필요가 없는 것이다. 그러나 장교들의 철모는 이중성을 띄어야했다. 적의 저격수에게 들키지 않으면서, 부하들은 장교의 철모를 보고 그가 지휘관인지, 아닌지, 또 어떤 부대 단위의 지휘관인지 알아야했다. 그래서 그가 어떤 부대의 지휘관인지 알려주는 표식을 철모 앞이 아니라, 뒤에 새겼다.

이혼은 그 마저도 없었다.

그를 다른 장교, 병사와 구분해주는 특징은 아직 양산에 들어가지 않은 용미를 허리 옆에 착용한 점 하나 밖에 없었다.

옷매무새를 살핀 이혼은 밖으로 나왔다.

젊은 내관이 이혼의 군마, 흑룡과 함께 서있었다.

이혼을 본 젊은 내관은 급히 등자 앞에 엎드려 무릎을 꿇었다.

자기 등을 계단삼아 군마에 오르라는 뜻이었다.

그러나 이혼은 그럴 필요성을 느끼지 못했다.

그의 무릎은 아직 쌩쌩한 편이었다.

노인처럼 누군가의 도움을 받아 말에 오를 필요가 아직 없었다.

흑룡의 고삐를 잡은 이혼은 반대쪽 손으로 윤기가 좔좔 흐르는 검붉은 갈기를 쓸어내렸다. 주인의 손길을 느꼈는지 흑룡이 두꺼운 목을 좌우로 크게 흔들며 개처럼 그를 반겼다.

머리 앞과 안장 양 옆에 검은색 마갑을 씌워놓은 흑룡은 그야말로 제왕의 품격을 드러냈다. 인간 중에 왕이 이혼이라면 말 중의 왕은 바로 이 흑룡이었다. 비록 말 못하는 짐승이지만 자기 안장에 태운 인물이 중요한 사람인 것을 아는지 평상시에는 구름을 타고 가는 거처럼 안전하게 달렸다.

그러나 전장에 들어서면 180도 변했다.

마치 눈앞에 있는 모든 것을 짓밟을 듯했다.

이혼이 한창 활동할 나이이듯 흑룡 역시 전성기를 맞이한 상태였다. 다섯 살 이전을 전성기로 보는 경주마처럼 흑룡 역시 힘과 경험, 그리고 지구력 등이 최고조에 달해 있었다.

고삐를 가볍게 틀어쥔 이혼은 등자에 건 발로 말배를 찼다. 그 즉시, 흑룡은 잘 길들인 자동차처럼 부드럽게 나아갔다.

이혼 주위에 사람들이 모이기 시작했다.

가장 먼저 말안장 뒤에 짐을 잔뜩 실은 조내관이 따라나섰다.

뒤이어 기영도의 금군이 그 주위에 인의 장막을 형성했다. 지금부터 이혼의 허락을 받지 못한 사람들은 금군이 만든 장막 안으로 들어오지 못했다. 움직이는 성과 다름없었다.

따로 진격 지시를 내릴 필요는 없었다.

이혼이 움직이는 게 바로 지시였다.

동면에 든 불곰처럼 잔뜩 엎드려있던 근위사단은 그 즉시 동굴에서 뛰어나와 남쪽에 있는 먹이를 찾아 달리기 시작했다.

겨울 내내 쫄쫄 굶은 배를 채우려면 서둘러야했다.

그 앞에 뭐가 있든 날카로운 발톱으로 찢어발겨 내장까지 전부 씹어 먹을 기세였다. 말을 몰던 이혼은 대기가 변하는 느낌을 받았다. 사람 몇 십 명, 아니 몇 백 명, 몇 천 명으로는 절대 만들지 못하는 결과였다. 최소한 몇 만 명 이상의 병사가 한 장소로 움직일 때 생기는 대기의 움직임이었다.

얼마 후, 금군청 금군이 통로를 만들어 한 사람을 안으로 들여보냈다. 이혼은 돌아보지 않았다. 그가 누군지 안 것이다.

이곳에서 이혼의 허락이 필요 없는 사람은 도원수 권율 밖에 없었다. 권율은 피곤과 긴장이 반쯤 섞인 얼굴로 다가왔다.

다가오는 권율을 보며 이혼은 잠시 그에 대해 떠올렸다.

　권율은 명문가 출신으로 문과를 급제한 문관이었다.

　아버지 권철(權轍)은 선조 초기에 영의정을 역임했다.

　그런 가문이 명문이 아니라면 어디가 명문이겠는가.

　그리고 문과를 급제한 문관이 도원수를 맡는 것은 이상한 일이 아니었다. 도원수란 직책의 기원부터가 글로써 칼을 통제한다는 문치(文治)의 표상과 같아서 임진왜란이 일어났을 때 권율이 도원수를 맡은 것은 전혀 이상할 게 없었다.

　권율 전에는 김명원이 도원수였다.

　한데 그 역시 문과를 급제한 문관출신이었다.

　무관은 평상시에는 물론이거니와 전시에서조차 항상 경계의 대상이었다. 그들이 가진 병권이 적을 향할 때는 괜찮다. 그러나 칼끝이 왕실을 향한다면 막을 힘이 없는 것이다.

　더욱이 조선은 왕자의 난과 중종반정, 계유정란을 겪으며 병권을 가진 자에 대한 견제와 불신이 심해 신경쇠약에 걸릴 지경이었다. 그래서 지금은 병조판서와 도원수자리에 반드시 문관출신 관원을 앉혀 그들이 무관을 통제하게 만들었다.

　권율은 무예가 별로 뛰어나지 않았다.

그리고 승마술 역시 뛰어나지 못해 군마를 이리저리 몬 다음에야 간신히 말머리를 흑룡 옆에 붙이는데 성공을 거두었다.

이혼이 그런 권율을 도원수에 임명한 것은 그에게는 다른 재능이 있었기 때문이었다. 냉정할 만큼 큰 그림을 그리는 재능이 권율에겐 있었다. 왜군의 전라도 입성을 막기 위해 웅치, 이치길목을 틀어막은 선택이나, 명나라가 평양성을 떨어뜨렸을 때 재빨리 전라도에서 행주산성으로 올라가 도성 왜군을 양면으로 포위하려 했던 게 바로 그 증거였다.

물론, 권율의 도성 양면포위 전략은 실패로 돌아갔다.

믿었던 명군이 벽제관에서 대패해 도망쳤던 것이다.

명군이 도망치는 것을 본 왜군은 행주산성에 있는 권율을 공격하기 시작했다. 왜군 입장에선 일종의 분풀이에 가까웠다.

주공격을 담당할 명나라 원군이 갑자기 퇴각한 상태이니 조공(助攻)을 맡은 권율은 절체절명의 위기에 처한 셈이다. 그러나 그는 그 전투에서 훌륭히 싸워 승리를 쟁취했다.

그게 바로 행주대첩이었다.

권율이 먼저 입을 열었다.

"오늘은 긴 하루가 될 것 같사옵니다."

이혼은 고개를 끄덕였다.

"과인 역시 그리 생각하오."

말머리를 나란히 한 다음, 남쪽으로 말을 몰던 이혼이 물었다.

"왜군은 아직이오?"

"예, 전하. 밤사이 바뀐 것은 없사옵니다."

권율의 말대로였다.

왜군은 간밤에 선암사에서 움직이지 않았다.

현재 선암사에 있는 병력은 거의 3만에 이르렀다.

처음부터 선암사에 주둔하던 가토 기요마사의 병력 8천에 마에다 도시이에의 주력 2만을 더해 거의 3만에 이르는 병력이 콩나물시루의 콩나물처럼 들어앉아 있었다. 강행정찰연대나, 국정원에서 그에게 보내온 정보는 아니지만 이혼의 생각에는 선암사 지하에 굴을 뚫어 매복해 있는 것 같았다.

'평양성의 고니시가 그랬었지'

이혼은 몇 년 전 일이 떠올랐다.

이혼이 명군의 도움으로 평양성을 수복할 무렵이었다.

평양성을 수비하던 고니시 유키나카의 병력은 성벽이 명군 절강병에게 떨어짐과 동시에 모습을 감췄다. 처음에는 대동강을 넘어 후퇴한줄 알았는데 나중에 보니 그게 아니었다.

당시 고니시 유키나카가 지휘하던 왜군 1번대는 평양성 지하에 엄청난 길이의 지하도를 건설해 그 안에 들어가 있었다.

그 사실을 전혀 모른 명군은 기세 좋게 들어갔다가 매복한 왜군에게 당해 예상치 못한 피해를 입었다. 자라보고 놀란 가슴 솥뚜껑보고 놀란다는 말처럼 매복한 왜군에게 당해 손해를 본 명군은 성에 다시 들어가기를 꺼려했다. 그래서 하는 수 없이 이혼이 지휘하는 근위사단이 들어가 입구에 죽폭을 던지거나, 불을 질러 간신히 평양성을 수복했다.

고니시 유키나카가 평양성 지하에 몇 십 킬로미터에 이르는 지하도를 건설할 수 있었던 이유는 왜군이 가진 축성 기술에 기인하는 바가 컸다. 전국시대를 100여 년 가까이 치르는 동안, 할거한 왜국의 영주들은 한 가지 문제에 봉착했다.

바로 군자금의 부족이었다.

전쟁 중에도 백성은 아이를 열심히 만들어낸다. 병력이야 부족할 게 없는 것이다. 그리고 군량 역시 전쟁이 벌어지는 반대편에서 열심히 농사를 지어 영주에게 가져다바치니 그 또한 크게 부족함을 느끼지 못했다. 그러나 군자금은 그렇지 않았다. 군자금이 있어야 솜씨 있는 사무라이를 끌어들이고 군자금이 있어야 서양 상인에게 조총과 화약을 사들일 수가 있었다. 왜국의 영주들은 군자금 부족을 해결하기 위해 눈을 다른 곳으로 돌렸다. 바로 산천(山川)의 혜택을 보기로 한 것이다. 다시 말해 광산개발 열풍이 분 것이다.

왜국은 세계적인 은 생산 국가였다.

그리고 은보다는 못하지만 금과 유황, 철광석 역시 풍부했다.

왜국 영주들은 서양과 조선 등지에서 돈을 주고 기술을 전수받거나, 아니면 훔쳐서라도 기술을 터득해 직접 광산개발에 뛰어들었다. 그 결과, 지금은 괄목할만한 성장세를 보였다.

발전한 광산기술은 다른 곳에도 사용했다.

전국시대동안 농성이나, 공성형태의 전투가 아주 빈번하게 일어났는데 공성에 나선 왜국 영주들은 자기 밑에서 일하는 광산기술자들을 불러와 성 밑에 굴을 뚫거나, 아니면 수원(水源)을 차단해 농성하는 적을 말려죽이는 방법을 사용했다.

이를 가장 잘 사용한 사람이 기이의 호랑이라 불리던 다케다 신겐이었다. 기이에는 좋은 광산이 많아 다케다가문에 속한 광부들의 실력 역시 아주 출중했다. 다케다 신겐은 그런 광부들을 전장에 불러 난공불락의 성을 떨어트린 적이 많았다. 고니시 유키나카가 조선에 데려온 광부들의 실력은 다케다가문까지는 아니더라도 썩 괜찮은 편에 속했다.

선암사 역시 평양성과 같을 거라 생각했다.

물론, 왜군은 평양성에 반년 넘게 주둔한지라, 성 지하에 또 다른 세계를 구축할 시간이 많았지만 선암사는 그럴 시간이 없었다. 어쨌든 그들의 지하축성기술을 생각해봤을 때 무턱대고 선암사에 돌진하는 것의 최악의 전술 중 하나였다.

선암사에 있는 적이 8천처럼 보일지 몰라도 지하에 숨어있는 병력까지 모두 합치면 3만에 이르니 근위사단에 맞먹는 숫자였다. 아마 모르긴 몰라도 난전이 벌어지면 근위사단 포병은 누굴 쏴야하는 몰라 허공에 포를 발사해야 할 것이다.

선암사에 돌진할 수 없다면 차선책은 포격이었다.

아니면 불을 지르는 방법 역시 괜찮았다.

왜군이 선암사에 승려나, 백성을 인질로 잡고 있을지라도 피해를 줄이기 위해서는 포격으로 초토화시키는 게 나았다.

대룡포로 발사하는 신용란이면 300발, 아니 200발 내에 처음부터 선암사가 존재하지 않았던 거처럼 지워버릴 수 있었다.

그러나 이혼은 곧 고개를 저었다.

'포격을 가하려면 포병이 먼저 자리를 잡아야한다. 즉, 그 얘기는 우리에게 취약한 시간이라는 뜻이지. 만약, 왜군이 그때를 노려 선암사에서 전력으로 돌격해온다면 포병은 도망칠 시간이 부족하다. 그리고 이 시점에 포병이 당해버리면 우리가 가진 두 개의 장점 중 하나가 그대로 날아가 버린다.'

조선군이 왜군상대로 강점을 보이는 것은 현재 두 가지였다.

하나는 근위사단의 포병연대.

그리고 다른 하나는 보병이 소유한 용아였다.

한데 둘 중 하나가 사라지면 날개 하나가 꺾이는 것보다 피해가 커서 어쩌면 전쟁 전체의 승패가 뒤바뀔지도 몰랐다.

이런 이유로 이혼은 세 번째 작전을 택했다.

세 번째 작전은 공격과 방어 그 중간에 해당했다.

어정쩡한 단어처럼 보이지만 그 안에는 기민함이 숨어 있었다.

공격이 필요할 때는 빠른 공격을, 방어가 우선일 때는 바로 방어로 전환할 수 있게 모든 준비를 이미 마쳐놓은 후였다.

백양산에서 선암사는 지근거리에 해당했다.

아직 모를 심지 않은 마른 논과 둑을 지나면 바로 선암사였다.

2만이 훌쩍 넘는 대군이 움직이는 소리는 상상을 초월했다.

땅은 흔들렸다. 그리고 먼지는 구름처럼 일었다.

거기에 말과 황소 수천 마리가 모는 수레 수백 대가 동시에 움직이니 마치 먼지폭탄이 백양산 남쪽에 떨어진 듯 보였다.

이런 모습을 선암사의 왜군이 보지 못할 리 없었다.

조선군이 선제공격을 해온 것이다.

반응이 없다면 그들이 장님이거나, 아니면 움직일 생각이 처음부터 없었다는 뜻이다. 그러나 왜군은 장님이 아니었다.

그리고 움직일 생각이 없는 것도 아니었다.

근위사단이 백양산에서 내려오기 무섭게 선암사의 왜군역시 움직임을 드러냈다. 예상대로 왜군은 근위사단이 선암사를 포격하기 위해 자리를 잡는 틈을 타서 재빨리 진격해 선공을 취하려는 듯 보였다. 어쨌든 지금까지는 순조로웠다.

곧 강행정찰연대에서 보고가 속속 올라왔다.

"가토 기요마사가 지휘하는 왜군 8천이 선암사를 나왔습니다!"

전령의 보고에 권율은 고개를 돌려 이혼을 보았다.

"어떻게 보시옵니까?"

"우리에게 선암사에는 8천 밖에 없다는 것을 보여주기 위한 움직임 같소. 2만이 넘는 주력은 지하에 숨겨둔 채 말이오."

고개를 끄덕인 권율은 전령을 돌려보냈다.

"계속 보고해라."

"예, 장군!"

앳되어 보이는 전령은 이내 말을 돌려 선암사 방향으로 떠났다.

이혼은 주위를 둘러보았다.

서쪽에는 그들이 출발한 백양산의 산기슭이 있었다.

그리고 북쪽에는 작은 마을이 몇 개 있었고 남쪽에는 크기가 제각각인 논 몇 마지기가 물이 채워지길 기다리는 중이다.

이혼이 보급한 이앙법은 이제 한강 이남지방에서 보편적으로 이루어지는 농법이었다. 전에는 직파법으로 볍씨를 심었다.

말 그대로 직파였다.

모종으로 쓸 볍씨를 물을 댄 논에 직접 심는 게 직파법이었다.

직파법은 인간이 가장 먼저 생각해낸 농법이었다.

바람이 세게 불던 어느 날.

숲을 산책하던 사람 하나가 과육이 썩어 씨만 남은 과일이 바람에 실려 이곳저곳으로 굴러가는 모습을 보았을 것이다.

그리고 얼마 후 그 씨에서 싹이 트는 모습을 본 사람은 과일이나, 작물의 씨를 심으면 자란다는 사실을 알았을 것이다. 그리고 그 다음에는 수렵 대신 작물의 씨앗을 심기 시작했을 것이다. 그게 바로 지금까지 내려오는 직파법이었다.

그러나 이앙법은 달랐다.

이앙법은 크게 두 단계로 나뉘었다.

모판에 볍씨를 심었다. 그리고 그걸 따뜻한 곳에서 모종으로 키우는 방법이 첫 번째 단계였다. 두 번째는 물을 채워놓은 본 논에 모판에 키운 모종을 다시 옮겨 심는 단계였다.

이앙법이 직파법에 비해 좋은 점은 세 가지였다.

하나는 직파법에 비해 볍씨의 낭비가 적다는 점이었다.

그리고 두 번째는 제초작업이 전보다 쉬워져 노동력을 절감할 수 있다는 거였고 마지막 세 번째는 생산량의 증가였다.

이앙법을 한강이남 지역에서 실시한 후 조정은 세금의 종류를 대폭 줄였음에도 오히려 전보다 훨씬 많은 양의 세곡을 거두어들였다. 조정은 그 세곡으로 근위사단을 먹여 살렸으며 새로운 무기를 만들어 중앙군과 지방군에 보급하였다.

그러나 지금은 논이 비어있었다.

이 지역은 전투가 벌어질 공산이 큰 지역이어서 모판에 볍씨를 파종하기도 전에 모든 백성이 다른 지역으로 피난 갔다.

아마도 전투가 끝난 후에는 그 백성들이 다시 돌아와 조정에 손해배상을 요구할 것이다. 당연한 요구였다. 봄에 씨를 뿌리지 못했으니 내년을 날 양식이 날아가 버린 상황이었다.

이혼은 유성룡에게 경상도 남부지역의 세금을 면제해주라는 교지와 함께 특별교부금을 만들어 백성을 도울 생각이었다.

왜군이 남겨둔 전리품이 상당할 테니 그 문제는 걱정 없었다.

금과 은만 돈이 되는 게 아니었다.

무기와 갑옷을 만드는데 들어가는 쇠와 가죽도 돈이 되었다.

물론, 그가 이겼을 때의 일이었다.

패한다면 경상도 백성을 걱정할 여유가 그에겐 없을 것이다.

이혼은 목소리를 낮춰 작전의 세부사항을 다시 논의했다. 금군을 믿기는 하지만 큰 소리로 작전을 떠들 필요는 없었다.

자신감은 좋지만 조심스러워서 손해 볼 일 역시 없었다.

작전의 세부사항을 논의한 이혼은 고개를 끄덕였다.

준비는 모두 끝났다.

2장. 왜군의 기습

光海錄

2장. 왜군의 기습

이혼은 흑룡의 속도를 조금 올렸다.

자연히 그를 보좌, 호위하는 병력 역시 같이 속도를 올렸다.

이혼은 현재 근위사단 중군(中軍) 안에 있었다.

근위사단은 언제나처럼 전후좌후중(前後左右中) 다섯 부대로 나뉘어 행군 중이었다. 이런 방식의 진형은 단점과 장점이 명확했다. 우선 단점을 꼽자면 병력이 분리되어 있어 투사 가능한 화력이 약하다는 점이었다. 적의 주력이 네 곳 중 하나를 공격해온다면 다른 방향에 있는 지원군이 도착하는데 시간이 걸린다는 점 역시 취약한 점으로 꼽힐 것이다.

반대로 장점은 적이 전후좌우 어디를 공격해오더라도 기습당할 위험이 없다는 점이었다. 이혼은 공격보다 방어를 더 중시하는 입장이어서 근위사단은 그 진형의 장점을 취했다.

현재는 가장 강력한 1연대가 적과 가장 가까운 전군(前軍)을, 그리고 그런 1연대 좌우에는 2연대와 3연대가 위치했다.

또, 후군(後軍)은 가장 믿음직한 항왜연대에게 맡겼으며 전후좌우군 가운데서 호위를 받으며 움직이는 중군에는 사령부와 지원부대, 그리고 예비부대의 성격을 지닌 도원수부와 사단사령부, 본부연대, 포병연대, 5연대, 6연대 등이 있었다.

따각따각!

흑룡의 발굽소리를 박자삼아 전진하던 이혼은 이내 고삐를 당겨 멈췄다. 동쪽 5, 6백 미터지점 하늘에 먼지가 뿌옇게 솟아오르는 모습이 눈에 들어왔다. 가토의 왜군이었다. 빠르면 몇 분 안에, 늦어도 10분 안에는 도착할 거리였다.

이혼은 권율에게 고개를 끄덕여보였다.

"작전을 시작하시오!"

"예, 전하!"

이혼의 윤허를 받은 권율은 포병연대와 6연대 담당 전

령을 불렀다. 잠시 후, 전령들은 급히 말에 올라 앞뒤로 찢어졌다.

앞으로 달려간 전령은 6연대 담당 전령이었다.

"비키시오!"

전령은 목이 터져라 외치며 병사들이 만든 사람 숲을 돌파했다. 사람이 많은 곳에서는 당연히 말의 속도를 줄여야했다.

그게 자신의 안전과 타인의 안전을 지키는 유일한 길이었다.

그러나 전령은 속도를 줄이지 않은 채 빠른 속도로 돌파했다.

처음에는 미친 듯이 돌진해오는 인마를 피해 부랴부랴 몸을 피한 장교와 병사들이 상소리를 내뱉었지만 곧 말 위에 탄 사람 등에 꽂힌 노란색 깃발을 보고는 고개를 끄덕였다.

인마의 정체가 전령임을 안 것이다.

그리고 행군하는 병사들 속에서 저리 급하게 달릴 정도면 무언가 일이 생긴 게 틀림없었다. 적이 코앞에 당도한 상황에서 생길 수 있는 급한 일이라 봐야 전투개시 밖에 없었다.

장교와 병사들은 이내 흐트러진 마음을 다잡았다.

정확한 시간은 알 수 없지만 곧 전투가 시작될 것이다.

6연대 연대본부 앞에 도착한 전령은 말에서 내리지도 않은 채 곧장 6연대장 김덕령을 찾아가 권율의 지시를 전달했다.

"장군, 작전을 시작하라는 도원수부의 명입니다!"

"알았다!"

"그럼 소인은 이만!"

군례를 올린 전령은 급히 기수를 돌려 도원수부로 돌아갔다.

전령이 만든 먼지를 손부채로 밀어낸 김덕령은 심호흡을 크게 하였다. 6연대는 이번에 아주 중요한 임무를 하나 맡았다.

그가 어찌하느냐에 따라 승패가 뒤바뀔 수 있었다. 김덕령은 자못 긴장한 기색으로 군마에 올라 지휘봉을 뽑아 휘둘렀다.

"6연대 병사들은 모두 들어라!"

"예!"

근처에 있던 병사들이 걸음을 멈추며 대답했다.

그런 병사들을 날카로운 눈으로 훑어보던 김덕령이 소리쳤다.

"지금부터 작전을 시작한다!"

지시는 간단했다.

그러나 다들 그게 무슨 지시인지 아는 듯 재빨리 움직였다.

근위사단 연대는 사단보단 작고 대대보단 컸다.

군대의 규모를 나눌 때 가장 큰 단위로 꼽는 것은 야전군(野戰軍)이었다. 이는 단독으로 전투가 가능하다는 뜻이었다.

그리고 야전군 밑에 군단(軍團)이 자리했다. 군단은 두 개에서 세 개 사이의 사단이 모여 있는 형태였다. 군단 다음에는 사단, 연대, 대대, 중대, 소대, 분대로 세분화가 되었다.

근위사단 연대는 편제를 가득 채웠을 경우, 총 3천 명 안팎이었는데 전투병은 2천5백 명, 비전투원은 5백 명이었다. 3천 명이 전투에 나서기 위해서는 많은 물자들이 필요했다.

그래서 6연대 본부대대 군수과 병사들은 평소에는 3백여 대, 전투 시에는 1백여 대의 수레와 마차를 항시 대동했다.

한데 오늘은 아니었다.

오늘은 2백 대가 넘는 수레가 연대 꼬리에 붙어 있었다.

왜군이 수백 미터 앞에 있는 상황을 봤을 때 조금 의외였다.

그러나 병사들은 개의치 않는지 늘어난 수레로 달려가 그 위에 덮어놓은 위장막을 벗겼다. 성긴 그물에 흙색 천

조가리를 꼬아놓은 위장막이었다. 그물은 얼마나 성기던지 월척이 아니고선 잡기가 힘들 것 같았다. 그러나 상관없었다. 그 그물의 목적은 고기를 잡는 게 아니라, 수레의 위장이었다.

이 역시 이혼의 생각이었다.

이혼은 위장에 관심이 많아 포병연대의 대룡포나, 보급부대의 수레가 이동할 때는 반드시 이 위장막을 덮도록 하였다.

위장막을 걷어낸 자리에는 쌀가마니나, 공장에서 갓 나온 용아가 들어있지 않았다. 그 대신 시커멓게 칠한 통나무와 나무기둥이 몇 개씩 들어있었다. 길이가 2미터에 가까운 통나무였다. 그리고 그 옆엔 역시 검은 칠을 한 나무바퀴가 몇 개씩 놓여있었다. 대룡포 부품을 나무로 복제한 듯했다.

이번 작전을 맡은 장교들이 성난 얼굴로 고함을 질렀다.

"통나무와 바퀴를 내려서 각자 맡은 위치로 이동해라!"

그 즉시, 대기하던 병사들이 우르르 달려가 수레에 실려 있던 통나무를 밖으로 끄집어 내렸다. 그리고 바퀴 역시 같이 끄집어 내렸다. 그리곤 두 명이 한 조를 이루어 끄집어 내린 통나무와 바퀴를 등에 짊어진 채 앞으로 뛰기 시작했다.

마치 훈련성과가 만족스럽지 않아 기합을 받는 듯했다.

철모 밑으로 땀이 폭포처럼 흘러내렸다. 그리고 입에서는 연신 죽겠다는 소리가 나올 무렵, 마침내 목적지에 도착했다.

장교는 성격이 급한 게 분명했다.

병사들이 도착하기 전에 다음 지시를 내렸다.

"어서 통나무와 바퀴를 조립해라!"

병사들은 휴식할 틈도 없이 짊어지고 온 바퀴를 들어 올려 수직으로 세웠다. 어른 허리만한 높이였는데 부챗살처럼 골고루 퍼져있는 바퀴살 가운데에 직사각형 모양의 홈이 파여 있었다. 그제야 허리를 편 병사들이 참았던 숨을 내쉴 무렵, 이번에는 반대편에서 조를 이룬 병사 두 명이 그들이 세워놓은 것과 똑같은 모양의 바퀴를 굴려 가져왔다.

마치 철로처럼 거리를 적당히 벌린 채 동쪽을 바라보는 형태로 세워두었는데 나무기둥 작은 것을 혼자 짊어지고 온 병사가 그 가운데로 들어가 가져온 작은 나무기둥을 바퀴살 가운데 낑낑거리며 끼워 넣었다. 기둥의 양 끝이 직사각형 모양이어서 바퀴살 가운데 파여 있는 홈과 정확히 맞았다.

한쪽을 마무리한 병사는 반대편 끝 역시 같은 방법을 이용해 바퀴살 가운데 파여 있는 홈에 끼웠다. 잠시 후, 바퀴두 개를 지닌 차체가 만들어졌다. 바퀴와 나무기둥을 가져온 병사가 황급히 물러서는 순간, 이번에는 검게 칠한 통나무를 가져온 병사들이 끙끙거리며 뛰어와 차체 위에 통나무를 얹었다. 그리곤 나무못으로 몇 군데 박아 넣으니마치 대룡포를 나무로 제작해 실제로 설치해둔 듯한 모습이었다.

그 모습을 지켜보던 장교는 철모 밑으로 흐르는 땀을 손등으로 닦았다. 땀 몇 방울이 입에 들어갔는지 혀가 짭짤했다.

허리띠 뒤에 달아놓은 물통을 열어 목을 축인 장교는 다음 명을 내렸다. 다음 명은 앞선 명보다 더 이상한 명이었다.

사각형 모양의 철판을 망치로 내려치라는 명이었다.

잠시 후, 장교 주변에서 망치와 철판이 부딪치는 소리가연속해 들려왔다. 마치 우박이 불규칙적으로 떨어지는 듯했다.

장교는 그제야 한숨을 크게 내쉬었다.

이제 그의 할 일은 다 끝났다.

그 시각, 1연대장 황진은 손가락을 폈다가 오므리기를반복했다. 파란 힘줄이 튀어나온 손은 나무망치처럼 뭉툭했다.

선암사와 백양산 사이의 논들은 넓었다.

그러나 평야처럼 지평선이 아련하게 보일 만큼 넓지는 않아서 왜군 8천 명은 뱀처럼 꼬리를 길게 늘어트리고 있었다.

근위사단의 갑작스러운 진군을 보고 화들짝 놀라 선암사에서 튀어나온 가토 기요마사의 병력 8천 중 선봉은 2천이었다.

왜군 선봉 뒤엔 중군 3천이 행군 중이었다. 그리고 남은 3천은 보급부대, 예비부대, 군속으로 이루어진 다목적 부대였다.

조선군도 그렇지만 적의 병력이 8천이라 해서 그 병력 전부가 전투병은 아니었다. 그렇다면 6천에서 7천이 그가 상대해야할 병력이었다. 그러나 황진의 1연대는 3천에 불과했다.

그것도 밀양에서 큰 손해를 보는 바람에 급히 대구에 있는 신병훈련소에 들어가 보충병을 받은 직후였다. 근위사단 최강, 아니 전군 최강이라던 자존심에 금이 간 상태였다.

그러나 감사하게도 도원수 권율, 아니 이혼은 그를 여전히 신뢰했다. 그렇지 않았다면 그에게 선봉을 주지 않았을 것이다.

황진의 눈이 점점 가까워지는 가토군의 8천 병력으로 향했다.

그러나 그가 상대해야할 병력은 앞서 말했다시피 8천이 아니라, 선봉에 있는 왜군 2천이었다. 오히려 병력은 황진이 더 많았다. 곧 그 숫자차이가 반대로 변하겠지만 상관없었다.

어차피 이런 싸움은 지겹도록 해봤다.

황진은 숨을 있는 대로 들이마셨다.

그리곤 배에 힘을 잔뜩 주어 들이마신 숨을 한 번에 토해냈다.

"모두 준비하라!"

황진의 쩌렁쩌렁한 외침은 왜군이 만든 거대한 발굽소리에도 전혀 밀리지 않았다. 오히려 더 먼 곳까지 퍼져나갔다.

병사들은 황진의 호령에 맞춰 어깨에 멘 용아를 끌어내렸다. 그리곤 용아의 약실손잡이를 당겨 약실을 개방했다. 다음에는 동작이 서로 갈렸다. 오른손잡이는 왼손으로 용아의 묵중한 무게를 지탱함과 동시에 오른손으로는 재빨리 탄띠에 달려있는 탄입대를 개방해 그 안에 든 새 탄환을 꺼냈다.

그 다음에는 탄입대와 용아의 약실 사이를 최단거리로 지나서 열린 약실 안에 탄환을 끼워 넣었다. 탄두를 감싼 얇은 구리가 희미한 광채를 뿜어냈다. 마지막은 젖혀두었던 노리쇠손잡이를 옆으로 내린 다음, 앞으로 미는 행동이었다.

철컥!

약실의 폐쇄돌기가 돌아가며 장전을 마쳤다.

물론, 열 명 중의 한 명은 장전을 마치지 못했다.

용아에 불량이 생겼을 가능성이 가장 컸다. 그리고 아주 적기는 하지만 눈앞에서 달려오는 왜군 수천 명에 겁을 먹는 바람에 손이 덜덜 떨리느라 장전이 늦어졌을 가능성이 있었다.

용아의 불량은 무려 1할에 달했다.

현대적인 관점에서 보자면 생산을 포기해야할 불량률이었다.

장인들이 자와 붓 등 몇 가지 기본적인 도구를 가지고 손으로 일일이 깎아서 만드는 부품에는 차이가 조금씩 생겼다.

당연한 일이었다.

그래서 불량이 나오는 일 역시 어쩌면 당연했다.

그러나 이혼은 불량이 다소 나오더라도 생산을 멈추지 않았다.

지금으로선 믿을 게 용아 밖에 없었다.

야전에서 사용하면 용아의 불량률은 무려 3할로 올라갔다. 정교하지 못한 부품이 먼지나, 빗물, 또는 사용하는 병사의 실수로 인해 고장이 나는 경우가 허다했다. 그래도 용아는 조선군이 왜군을 압도하게 해주는 유일한 보병무기였다.

황진은 하늘을 찌를 거처럼 세운 지휘봉을 앞으로 힘껏 내렸다.

"발사하라!"

그 순간, 용아 수백 정이 동시에 불을 뿜었다.

반월형으로 서있던 1연대 1대대가 사격을 마치는 순간.

빠른 속도로 달려오던 왜군 선봉이 그대로 허물어졌다.

왜군의 작전은 간단했다.

조선군 포병이 전개를 마치기 전에 급습해 포병을 먼저 무너트리는 작전이었다. 포병만 없다면 수적 우위를 살려 충분히 해볼만하다는 게 왜군 수뇌부의 판단인 것으로 보였다.

왜군이 임진왜란에서 패한 이유는 많을 것이다.

의병의 영웅적인 활약, 백성들의 아낌없는 지원.

그러나 한 가지만 꼽으라면 근위사단의 포병연대였다.

왜군 수뇌부는 정유재란을 일으키기 앞서 근위사단 포병에 대한 연구를 진행했다. 그래서 포병연대의 유일한 약점을 알아냈다. 방어할 때는 그럴 필요가 없지만 공격할 때는 전개에 시간이 조금 필요하다는 게 그들이 가진 약점이었다.

왜군 수뇌부는 이를 이용하기 위해 근위사단이 먼저 움

직일 때까지 끈질기게 기다렸다. 그리곤 움직이기 무섭게 선암사에서 뛰쳐나와 전개에 들어간 포병연대를 향해 짓쳐갔다.

이때, 왜군이 택할 수 있는 전술은 두 가지였다.

하나는 그들이 평소에 즐겨하던 대로 대나무방패를 앞세워 천천히 전진해오는 방법이었다. 이 방법은 희생을 줄일 수 있다는 장점과 동시에 속도가 느리다는 단점 역시 있었다.

다른 하나는 대나무방패 없이 빠른 속도로 접근해 그들이 잘하는 백병전을 유도하는 방법이었다. 이는 앞선 방법과 달리 희생이 따르지만 속도가 빨라 그들이 원하는 전술적인 목표, 즉 포병연대의 조기 제거에 성공할 가능성이 있었다.

왜군은 당연히 그 중 두 번째 방법을 택했다.

희생은 따르더라도 반드시 포병연대를 제거하겠다는 심산이었다. 황진은 사방에서 총격을 가해 왜군 선봉을 저지했다.

그러나 왜군은 선봉에 이어 곧장 중군마저 투입해왔다.

곧 병력의 우위를 빼앗긴 1연대는 뒤로 후퇴하기 시작했다.

"후퇴해라!"

소리친 황진은 5대대를 앞에 남겨 아군을 엄호하게 하였다. 그리곤 나머지 병력은 뒤로 빼 안전한 장소로 퇴각했다.

당연히 왜군은 그런 1연대를 놓아주지 않으려하였다.

5대대 꼬리에 바짝 따라붙어 전선을 돌파하기 시작했다.

황진은 퇴각하던 2대대와 3대대를 다시 보내 왜군을 막게 했다. 5대대가 전멸하도록 놔둘 수는 없었다. 곧 2대대, 3대대, 5대대가 서로 힘을 합쳐 왜군을 30미터 가량 밀어냈다.

"지금이다!"

황진의 외침에 분전하던 세 개 대대는 재빨리 퇴각했다.

물러섰던 왜군은 전열을 정비하게 무섭게 다시 짓쳐들어왔다.

오늘 끝장을 보겠다는 기세였다.

황진은 지원을 요청하며 후퇴를 거듭했다.

사실, 사단장이 자리를 사수하란 명을 내렸다면 황진은 백골로 변하는 한이 있어도 그 자리를 벗어나지 않았을 것이다.

황진은 그런 사람이었다.

그러나 이번에는 그런 지시가 없었다.

오히려 적당히 맞서다가 퇴각하란 지시가 황진에게 주어졌다.

황진은 그 지시를 충실히 이행했다.

그 지시대로 적당히 싸워주는 척하다가 뒤로 후퇴했다.

그것을 모르는 왜군은 선봉싸움에서 이겼다는 판단을 했는지 더 많은 병력으로 삼면을 몰아치며 1연대 포위에 나섰다.

전방에 있는 왜군 선봉이 1연대의 다리를 악착같이 붙드는 사이, 학이 긴 날개를 펼치듯 양쪽으로 간격을 벌린 왜군 부대 두 개가 뒤쪽으로 파고들어와 1연대 포위를 시도했다.

"갇히면 끝장이다! 서둘러라!"

황진은 쉴 새 없이 명을 내리며 적의 추격을 뿌리쳤다.

원래 연대장은 3천 명이 넘는 병력의 목숨을 책임지는 만큼, 후방에서 안전하게 이동하며 지휘하는 것이 가장 좋았다.

일선에서 적과 싸우는 장교는 중대장, 소대장이면 충분했다.

그러나 황진은 여전히 직접 몸으로 부딪치는 것을 좋아했다. 안전한 곳에서 지휘하는 것은 몸에 맞지 않는 옷을 입은 거처럼 불편했다. 병사들이 죽어가는 곳이 그가 있어야할 곳이라는 신념에는 변함이 없어 여전히 최전방에 서 있었다.

"왼쪽이다! 왼쪽에 집중 사격하라!"

황진은 목소리가 총성 사이를 가를 때마다 용아가 불을 뿜었다.

탕탕탕!

달려오던 왜군이 발을 헛디딘 사람처럼 바닥을 굴렀다.

왜군은 이 정도 희생은 이미 각오했다는 듯 멈추지 않았다.

죽거나, 혹은 죽어가는 동료들을 뛰어넘어 계속 달려들었다.

1연대 곳곳에서 급박한 보고가 이어졌다.

"장군, 5대대가 밀립니다!"

"3대대 역시 피해가 급증하고 있습니다!"

여기저기서 좋지 않은 보고가 계속 올라왔다.

입술을 깨문 황진은 고개를 돌려 중군이 있는 방향을 살폈다.

예비대로 대기 중이던 5연대 선두가 어렴풋이 보였다.

"이 정도면 충분하겠지."

결정을 내린 황진은 황급히 돌아서며 양 팔을 마구 흔들었다.

"죽폭을 던져라! 아낄 필요 없다!"

병사들은 그 즉시, 어깨끈 양쪽에 매달아놓은 죽폭 두 개를 동시에 꺼내 불을 붙였다. 그리곤 왜군 머리 위에 투척했다.

잠시 후, 죽폭 수백여 개가 왜군과 조선군 사이에 떨어졌다.

펑펑하는 소리가 연속해 들리더니 죽폭이 떨어진 장소와 가깝던 왜군 수십 명이 피를 쏟으며 비척거렸다. 그러나 죽폭은 위력이 약했다. 용염이나, 용조에 비할 바 아니었다.

대군을 저지하기에는 저지력이 떨어지는 것이다.

황진이 이를 모를 리 없었다.

그러나 황진이 죽폭을 던지라 한데에는 다른 이유가 있었다.

바로 연막효과였다.

조선군이 사용하는 화기 중에 유일하게 흑색화약을 사용하는 죽폭은 폭발과 동시에 회색 연기를 사방에 마구 뿜어댔다.

전에는 아군의 시야를 가리던 연기였지만 지금은 달랐다. 지금은 적의 추격에서 아군을 지켜주는 보호막역할을 했다.

연막에 갇힌 왜군의 추격속도가 현저히 줄어들었다.

황진은 그 틈에 재빨리 부하들을 5연대 쪽으로 퇴각시켰다.

예비대로 있는 5연대와 합류하면 일단 살길은 열렸다.

바람이 불었는지, 아니면 자연적으로 흩어졌는지 알 수

는 없지만 죽폭이 만든 연막은 곧 걷히며 시야가 다시 돌아왔다.

왜군은 득달같이 달려들었다. 마치 연막으로 인해 허무하게 날린 시간을 만회하겠다는 듯 전보다 더 강하게 몰아쳐왔다.

파파팟!

왜군이 발사한 조총의 탄환과 화살이 가장 먼저 날아들었다.

"으악!"

"크아악!"

도망치던 1연대 병력 일부가 비명을 지르며 바닥에 넘어졌다.

검은색에 가까운 흙색이던 마른 논바닥이 검붉게 변해갔다.

마른 논바닥이 붉은 피로 채워지는 것 같았다.

논의 주인이 누구인지는 모르겠지만 내년 농사는 전에 없는 풍년일 게 분명했다. 사람의 피와 살점을 빨아들인 대지는 이를 양분으로 삼아 더 없이 훌륭한 한 해를 보낼 것이다.

1연대에 타격을 입힌 가토군이 바빠졌다.

"혼다의 기병대는 어디 있느냐?"

"여기 있습니다, 영주님!"

어느 정도 몰아붙였다는 생각을 했는지 가토 기요마사는 아껴두었던 기병대를 앞으로 내보냈다. 수백에 이르는 기병대가 마른 논바닥에 어지러운 발자국을 만들며 돌진해왔다.

혼다가 지휘하는 기병대는 전원이 사무라이였다.

말을 소유한다는 사실 자체로 그들이 부자라는 뜻을 의미했다.

말은 예전이나, 지금이나 가장 비싼 가축이었다.

처음엔 왜군 기병대가 기세를 발휘하는 듯했다.

5연대가 있는 북서방향으로 도망치던 1연대 방어가 무너졌다.

그러나 1연대는 여전히 1연대였다.

위험한 와중에도 맹렬한 반격을 통해 왜군 기병대를 막아냈다.

한데 왜군 기병대 중 몇 명이 퇴각 중에 5연대 뒤에 있는 대룡포를 발견했다. 전투 중이어서 정확히 보지는 못했다. 그러나 그 형태와 윤곽은 그들이 찾던 대룡포가 틀림없었다.

캉캉캉!

더구나 그들의 귀에 대룡포를 설치하기 위해 쇠말뚝 박는 소리가 똑똑히 들려왔다. 저 소리가 귀에 들릴 때마다 하늘에서 그들을 벌하기 위한 듯한 불벼락이 떨어져 내렸었다.

"찾았다!"

대룡포의 위치를 확인한 기병대장 혼다는 즉시 돌아가 이를 가토 기요마사에게 보고했다. 가토 기요마사는 쾌재를 부르며 전령을 선암사로 파견했다. 대룡포의 위치를 확인했으니 이젠 본격적으로 몰아쳐 포병연대를 부서버려야 했다. 그리고 동천에 있는 다테 마사무네의 4번대에도 연락했다.

연락을 마친 가토 기요마사는 위험을 무릅쓰고 앞으로 나섰다.

이제 그의 임무는 지원군이 달려오는 동안, 어떻게 해서든 적의 포병연대를 압박해 전개를 포기하거나, 아니면 전개하는데 시간이 걸리게 해야 했다. 그렇게 하지 않으면 그 자신뿐 아니라, 동천과 선암사에서 지원 올 병력이 조선군이 대룡포로 발사하는 신용란에 당해 갈가리 찢길 것이다.

"놈들이 마침내 꼬리를 드러냈다! 모두 서쪽방향으로 진격하라! 가장 먼저 놈들의 화포를 부수는 자에게는 그 사람의 지위에 상관없이 금 10관과 3천 석의 영지를 내릴 것이다!"

"와아아!"

가토 기요마사의 지시에 귀갑차를 포함한 주력이 조선군을 향해 진격하기 시작했다. 가토 기요마사는 거기에 더해 자기 가신단과 근위시동, 하타모토부대까지 모두 투입했다.

사실상 가토 기요마사를 제외한 전 병력이었다.

가토 기요마사의 끈질긴 추격에 당황한 1연대는 논 서쪽에 있는 작은 언덕을 기어 올라갔다. 근처 마을 백성들의 선산인 듯 낮은 언덕 위에 무덤이 즐비했다. 수풀이 잔뜩 자라 원래 형태를 알아볼 수 없는 무덤부터, 잔디 뗏장이 아직 자리를 잡지 못한 거처럼 보이는 새 무덤까지 다양했다.

1연대는 누군가의 무덤을 성벽 삼아 왜군의 추격을 저지했다.

황진 역시 무덤 안쪽에 기어들어가 미친 듯이 고함을 질렀다.

"엄폐해라!"

황진은 무덤 안쪽을 넘어 도망치는 부하 하나가 뭐에 걸렸는지 쓰러지는 모습을 보았다. 급히 상체를 숙인 채 걸어가 쓰러진 부하를 무덤 안쪽으로 끌어내렸다. 그러나 이내 쓴웃음을 지을 수밖에 없었다. 몸 뒤에 화살 두 대와 조총의 탄환이 남긴 것으로 보이는 구멍 세 개가 뻥 뚫려있었다.

방탄조끼를 착용하여 등 부위에 맞은 화살이나, 조총 탄환은 괜찮았다. 그러나 철모와 방탄조끼 사이를 파고든 조총 탄환은 병사의 척수를 끊어내 그 자리에서 즉사케 만들었다.

그나마 다행인 점은 고통이 그리 크지 않았을 거라는 거였다.

황진은 죽은 병사의 시신에서 용아와 탄환, 죽폭을 꺼내 옆에 있는 병사에게 건넸다. 그리곤 목을 뒤져 군번줄을 찾았다.

임진왜란에는 시간이 없어 도입하지 못했지만 정유재란을 준비할 때는 병사의 신분확인과 전사자처리를 위해 지위고하에 상관없이 모두 이름과 군번이 적힌 줄을 차도록 했다.

황진의 손에 차가운 금속성의 물체가 들어왔다.

힘을 주어 군번줄을 떼어낸 황진은 그 중 하나를 주머니에 넣었다. 그리곤 나머지 하나는 전사한 병사의 어금니 사이에 끼운 다음, 철모로 머리를 내리쳐 빠지지 않도록 하였다.

지금은 시신을 수습할 방법이 마땅히 없었다.

가장 좋은 방법은 그를 가죽으로 만든 영현가방에 넣어 후방에 보내주는 거였다. 그러나 그렇게 하려면 두 명이 전장에서 이탈해야했다. 가뜩이나 병력이 부족한 판에 두 명을 더 뺄 수는 없어 임시조치로 이 사이에 군번줄을 박았다.

이긴다면 시신이 온전한 상태에서 관에 들어가 사랑하는 가족들 품에 돌아갈 수 있었다. 그러나 전투가 길어지거나, 패한다면 누가 누구인지 알아볼 수 없는 상태로 발견될 수밖에 이처럼 어금니 사이에 군번줄을 박아 처리한 것이다.

이렇게 해두면 왜군, 또는 근처에 사는 짐승이 인위적으로 뼈를 훼손하지 않는 한, 시신이 누구인지 알아볼 수 있었다.

황진은 무덤에 기대어 고개를 살짝 내밀었다.

부하들 역시 왜군이 보지 못하는 무덤 뒤에 들어가 숨었다.

그리곤 장전을 마치면 무덤 봉분에 용아를 거치해 발사했다.

탕탕!

사라진 조선군을 찾아 무덤으로 올라오던 왜군이 나뒹굴었다.

조선군이 숨은 위치를 확인한 왜군은 조총과 화살을 퍼부었다. 자리를 잡지 못한 뗏장이 조각나 잔해가 사방으로 튀었다.

"빨리 언덕 위로 올라가라! 여기 있다간 고립 당한다!"

근위사단 1연대장 황진은 무덤 사이를 교통호삼아 언덕 정상으로 뛰어갔다. 언덕 정상에는 이미 5연대가 대기 중이었다.

"모두 언덕을 넘어 퇴각하라!"

1연대는 5연대가 있는 언덕 정상으로 퇴각했다.

그 사이, 5연대 병력은 앞으로 나와 퇴각하는 1연대를 도왔다.

1연대, 5연대로 이뤄진 조선군과 가토 기요마사가 전력을 다한 왜군 2번대가 작은 언덕 사이에서 치열한 전투를 벌였다.

일종의 고지전이었다.

가토 기요마사는 사실 마음이 급했다.

무덤이 있는 산을 오르느라, 이미 적지 않은 시간을 소비했다. 그리고 그 말은 적의 포병연대가 자리를 잡을 충분한 시간이 있었다는 말과 같았다. 가토 기요마사는 뒤를 보았다.

북동쪽과 남동쪽에서 시커먼 먼지가 올라왔다.

그가 목이 빠져라 기다리던 지원군이 출발했다는 의미였다.

그러나 그 지원군은 지금 그의 눈에 주먹만 한 크기로 비쳤다. 주먹이 사람의 형체를 갖추기 위해서는 시간이 필요했다.

가토 기요마사는 무덤 봉분 위로 올라가 부하들을 독려했다.

"곧 지원군이 당도한다! 동료들에게 업신여김당하고 싶지 않거든 죽을힘을 다해라! 어떻게 해서든 언덕을 넘어야 한다!"

그 말에 힘을 냈는지는 모르지만 어쨌든 왜군 2번대는 조선군의 강력한 저항을 뚫어가며 전선을 앞으로 밀기 시작했다.

10분 후에는 마침내 언덕 정상 점령에 성공했다.

이제부턴 그들이 고지에서 도망치는 조선군을 보며 공격할 수 있었다. 사람은 중력을 거스르지 못했다. 그래서 공격과 수비 모두 위에서 밑을 보며 하는 게 훨씬 더 유리했다.

언덕 정상에 도착한 가토 기요마사는 목을 길게 뽑았다.

기병대장 혼다의 말 대로였다.

언덕에서 북서쪽으로 2, 300미터 떨어진 지점에 대룡포들이 있었다. 대룡포의 숫자는 50문이 넘어보였다. 그들이 파악한 숫자가 50문이었으니 포병연대가 전체가 있는 셈이었다.

가토 기요마사는 군선으로 햇빛을 가리며 안력을 집중했다.

포구의 방향은 남동쪽을 향하는 중이었다.

즉, 그 말은 남동쪽이 아니면 해볼만하다는 뜻이었다.

가토 기요마사는 그를 보우해주신 하늘에 감사인사를 올렸다.

추격하는 조선군을 쫓아 언덕에 올랐을 뿐인데 하필이면 그곳이 포병연대 사격방향과 직각을 이루는 부분이었던 것이다.

가토군을 발견한 조선군 포병이 포구의 방향을 돌리기 위해서는 상당한 시간이 필요할 테니 승기를 잡은 거와 같았다.

"흥, 멍청한 놈들."

가토 기요마사는 도망치는 조선군을 향해 비웃음을 흘렸다.

놈들이 언덕으로 도망치지 않았으면 그는 언덕이 아니라, 평지로 진격했을 것이다. 그리고 평지로 진격했다면 조선군 포병연대의 아가리 안에 제 발로 걸어 들어가는 상황이었다.

한데 조선군이 언덕으로 도망치는 바람에 그 뒤를 쫓던 가토 기요마사의 2번대는 귀신보다 두려운 포병을 피할 수 있었다.

가토 기요마사의 목소리에 점차 자신감이 실리기 시작했다.

"코지마는 서쪽으로 이동해 도망치는 조선군을 추격해라! 그리고 나머지 병력은 나와 함께 북서쪽에 있는 적의 포병을 친다! 서둘러라! 포병이 포구를 돌리기 전에 쳐야한다!"

가토 기요마사의 가신들 역시 그와 같은 심정이었다.

밀양에서, 그리고 금정산에서 연이어 패한 후 왜군은 임진년의 치욕을 또 한 번 되풀이할 위기였다. 한데 다른 누구도 아닌 가토가문이 그 위기를 돌파하기 직전이었던 것이다.

이번 전투에서 공을 세운다면 하삼도 중 하나는 그들의 차지였다. 마에다나, 우에스기도 인정하지 않곤 못 배길 것이다.

언덕 정상에서 한 무리의 병력이 갈라져 서쪽으로 내려갔다.

코지마가 지휘하는 보병부대 3천이었다.

코지마는 가토 기요마사가 믿는 중신으로 그러면 가토 기요마사가 포병연대를 박살내는 동안, 시간을 끌어줄 수 있었다.

코지마의 재빠른 기동을 본 가토 기요마사는 만족한 얼굴로 전 군에 북서방향에 있는 포병연대를 향해 진격하라 명했다.

기병 수백 기와 보병 수천 명이 한 몸처럼 북서쪽으로 내달렸다. 가토 기요마사의 의도를 눈치 챈 조선군은 우왕좌왕하기 시작했다. 언덕에서 도망친 1연대와 5연대는 포병연대를 구하기 위해 코지마부대를 무시한 채 속도를 높였다.

그리고 포병연대가 있는 북서쪽에서는 정기룡의 2연대가 튀어나와 인의 장막을 펼치려 하였다. 가토 기요마사는 수많은 전장을 거치며 경험을 쌓은 노련한 장수였다. 이대로 정기룡의 2연대가 포병연대 주위를 둘러싸면 뚫기 쉽지 않을 거란 판단에 기병대를 희생해서라도 틈을 벌려야 한다는 결정을 내렸다. 결정은 곧장 지시와 행동으로 각각 이어졌다.

다른 유명한 가문이었다면 중신의 의견이 영주만큼 강해 이견이 있을 수 있었지만 가토 기요마사는 사실상 자수성가한 상황에 가까워 영지에서 독재자와 같은 권력을 누렸다.

가토 기요마사가 기병대를 지휘하는 혼다에게 엄히 명했다.

"네가 가서 본대가 지나갈 통로를 구축해라!"

혼다는 그 명이 무슨 뜻인지 알았다.

그러나 싫은 내색 하나 없이 곧장 포병연대를 향해 짓쳐갔다.

왜군 기병대는 단창이 주력 무기였다.

말 위에서는 조총이나, 장창을 사용하기 어려워 단창을 쥔 그들은 곧장 진격해 포병연대로 들어가는 길을 뚫으려

하였다.

혼다의 기병대를 상대하는 2연대장 정기룡도 노련한 장수였다.

가토 기요마사의 의도가 무언지 바로 파악한 정기룡이 외쳤다.

"용아를 적 기병대에 집중해라!"

달려가던 병사들이 그 자리에 멈춰 용아의 방아쇠를 당겼다.

포병연대로 곧장 진격하던 왜군 기병대가 양쪽에서 날아드는 용아 탄환에 맞아 바닥을 굴렀다. 사람과 말이 뒤엉켜 난장판으로 변했으나 그 바람에 2연대 역시 조금 뒤쳐졌다.

그 틈에 재빨리 거리를 좁힌 가토 기요마사는 보병을 보냈다.

조총과 활로 엄호하며 장창부대가 앞 선으로 진격했다.

"으아악!"

비명이 들리며 포병연대 남동방향을 지키던 병력이 쓰러졌다.

마침내 포병연대로 들어가는 문이 뚫렸다.

이젠 안으로 뛰어들어 포병연대를 박살내기만 하면 되었다.

"요시다는 왼쪽, 나가오카는 오른쪽으로 이동해 적의

지원을 막아라! 그리고 나머지 병력은 나와 함께 안으로 돌입한다!"

가토 기요마사가 내린 명은 곧장 실행으로 옮겨졌다.

요시다가 천 명의 병력과 함께 포병연대 왼쪽으로 돌아 그곳에서 내려오던 2연대 1, 2대대를 저지했다. 그리고 나가오카는 1천5백 명의 부하를 지휘해 포병연대 오른쪽으로 돌았다. 그리곤 그곳에 있던 2연대의 3대대와 5대대를 기습했다.

요시다와 나가오카가 2연대를 저지하는 사이, 가토 기요마사가 직접 지휘하는 3천 병력은 포병연대의 종심을 돌파했다.

이젠 가토 기요마사의 눈에도 대룡포가 뚜렷하게 보였다. 그 동안 저 화포에 당해 얼마나 많은 피와 눈물을 흘렸던가.

그러나 지금부턴 더 이상 적의 포병을 두려워할 필요가 없었다.

왜냐하면 지금부터 깡그리 없앨 것이기 때문이었다.

"쳐라! 포로는 필요 없다! 모두 목을 쳐라!"

가토 기요마사는 군선을 휘둘러 포병연대 중앙을 가리켰다.

"와아아!"

그 순간, 가토군 3천이 포병연대 병사들에게 짓쳐갔다.

혼다의 기병대가 만들어놓은 틈은 벌어진 채 여전히 열려 있었다. 가토군 3천은 그 틈으로 장창을 앞세운 채 돌격했다.

막 선봉이 포병연대 중심과 40미터 떨어진 곳에 이르렀을 무렵이었다. 이젠 조총을 쏘면 포병연대 병사를 확실하게 살상할 수 있는 거리였다. 포병연대 병사들은 대룡포를 바닥에 거치하기 위해 망치와 말뚝을 손에 쥐고 있었는데 그들을 보는 순간, 겁을 먹었는지 손에 쥔 것들을 내려놓았다.

쾌재를 부른 왜군은 조총부대가 먼저 앞으로 나섰다.

그들이 먼저 제압사격한 후에 장창부대가 돌파하는 게 왜군이 주로 사용하는 보병전술이었다. 빈 조총에 화약과 탄환을 넣느라 정신이 없을 무렵, 손에 쥔 망치와 말뚝을 바닥에 던진 포병연대 병사들이 대룡포 뒤로 손을 뻗기 시작했다.

그 모습을 목격한 왜군은 처음에 포병연대 병사들이 남동쪽을 보는 대룡포 포구 방향을 그들에게 돌리려는 줄 알았다.

한데 다시 보니 그게 아니었다.

포병연대 병사들은 대룡포 밑에서 길쭉한 조총을 하나 꺼냈다.

조선군이 용의 이빨이라 부르는 신형 조총이었다.

탄환과 화약을 장전하던 왜군 조총병의 손길이 더 바빠졌다.

손놀림이 재빠른 자는 벌써 장전을 마치고 화승을 물린 조총을 조선군에게 겨누어 발사했다. 탕탕하는 소리가 들렸다.

그러나 왜군 조총병이 발사한 탄환은 열 발이 넘지 않았다.

대부분 아직 장전 중이었다.

그때, 미리 장전을 해놓았는지 용아로 왜군 조총병을 겨눈 포병연대 병사들이 방아쇠울에 걸어놓은 손가락을 힘껏 당겼다.

탕탕탕!

조금 전과는 비교할 수 없을 정도의 많은 총성과 함께 장전하던 왜군이 마치 파도에 쓸려나가는 거처럼 뒤로 넘어갔다.

살아남은 조총병은 맥없이 쓰러지는 동료를 보며 겁을 잔뜩 집어먹었는지 몸을 돌려 본대방향으로 뛰어가기 시작했다.

"자리를 지켜라!"

"도망치는 놈은 목을 베겠다!"

사격을 지휘하는 사무라이들이 칼로 위협을 해보았지만 한 번 무너지기 시작한 사격진형은 원상태로 돌아가지 못했다.

뒤에서 이를 지켜보던 가토 기요마사가 이를 부드득 갈았다.

"밥만 축내는 버러지 같은 놈들!"

가토 기요마사는 조총을 사용하는 뎃포 아시가루나, 활을 쏘는 유미 아시가루를 좋아하지 않았다. 그들이 전장에서 중요한 역할을 하기에 같이 다닐 뿐, 그들이 좋아서 같이 다니는 게 아니었다. 가토 기요마사는 그들이 적과 대면할 용기가 없어 그런 병종을 택한 거라 생각하는 사람이었다.

"장창부대를 보내 모두 쓸어버려라!"

그 즉시, 사무라이가 지휘하는 장창부대가 포병연대 병사들을 향해 진격했다. 사람 키보다 긴 장창을 45도 각도로 올린 채 정연히 진격하는 모습은 감탄을 불러오기에 충분했다.

위기에 처한 포병연대 병사들은 주위를 둘러보았다.

그러나 지원 온 2연대는 가토군에 막혀 도움을 주지 못했다.

이젠 그들이 알아서 이번 위기를 돌파해야하는 것이다.

"그걸 꺼내라!"

장교 중 한 명이 외치는 순간.

병사들이 옆으로 달려가 나뭇가지에 숨겨놓았던 무기를 꺼냈다.

화차였다.

이윽고 화차 30대가 반월형으로 포진해 불을 뿜기 시작
했다.

화차 역시 이혼의 손길을 거쳐 새로 거듭난 상태였다.

화차는 용아 30문을 6×5형태로 쌓아놓은 형태였다.

쉽게 말해 용아 30문을 동시에 발사하는 거와 같았는데
용아와 다른 점이라면 용아는 탄자가 든 탄환을 발사하지
만 화차에 사용하는 용아의 탄환에는 쇠구슬이 들어있다
는 거였다.

병사들은 미리 장전해둔 화차 방아쇠를 일제히 당겼다.

그 순간, 화차에 있는 30문의 용아가 동시에 불을 뿜었
다. 대룡포의 포성에는 미치지 못하지만 귀를 멀게 하기에
는 충분한 소음이었다. 그런 화차가 30문에 달했으니 전
장을 가득 메우던 갖가지 소음은 화차의 발사음에 모두 가
려졌다.

화차의 총구에서 날아간 것은 탄환의 탄자가 아니었
다.

그냥 탄환이었으면 탄자가 날아갔을 테지만 화차에 사
용한 탄환은 산탄이어서 쇠구슬 수백 개가 60도 각도로 날
아갔다.

파파파팟!

말 그대로 콩 볶는 소리가 들리며 포병연대를 향해 진격

하던 왜군 장창부대 병사들이 연이어 쓰러졌다. 엄청난 화력인데다 교차사격 하는 형태여서 피해갈 방향이 거의 없었다.

한 번의 사격에 수백 명이 죽거나, 다쳤다.

오히려 근거리에서는 신용란보다 화차의 위력이 더 강했다.

21세기로 치환하면 분대지원용 중기관총을 발사한 상황이었다.

당황한 가신들은 고개를 돌려 가토 기요마사의 얼굴을 보았다.

가토 기요마사의 얼굴 역시 잔뜩 일그러져있었다.

뚝!

가토 기요마사는 손에 쥔 군선을 부러뜨리더니 다시 소리쳤다.

"저 무기는 장전에 시간이 걸린다! 신경 쓰지 말고 진격해라!"

가토 기요마사의 명은 가신들을 통해서 전장에 있는 사무라이에게 전해졌다. 사무라이는 몸을 돌리는 부하들을 붙잡아 다시 포병연대 쪽으로 내몰았다. 겁을 먹고 도망치는 부하는 그 자리에서 목을 베어 공포분위기를 한껏 조성했다.

왜군은 하는 수 없이 다시 장창을 쥔 채 달려갔다.

발밑에서 물컹한 느낌이 들 때마다 왜군은 몸서리를 쳤다. 동료의 시체였던 것이다. 왜군은 죽은 동료와 다쳐서 신음하는 동료들을 짓밟으며 다시 포병연대를 향해 진격해갔다.

가토 기요마사는 전선 깊숙이 들어와 진두지휘했다.

가신들이 말렸지만 가토 기요마사는 듣지 않았다.

그가 생각하기에 포병연대의 저항은 이게 끝이었다.

적이 보병이라면 끈질기게 저항할 테지만 포를 사용하는 포병은 보병훈련을 받지 않을 테니 쉽게 이길 거라 예상했다.

근거리 교전에서는 절대 질 수 없는 상대였다.

"뭣들 하느냐! 공격해라! 시간을 줘선 안 된다!"

가토 기요마사의 재촉을 받은 왜군 장창부대는 다시 포병연대가 주둔한 지역으로 뛰어들어 장창을 찌르며 공격해갔다.

그러나 가토 기요마사는 큰 착각을 하였다.

그가 근위사단 포병연대라 생각했던 부대는 포병연대가 아니었다. 그 부대는 김덕령이 지휘하는 6연대 병력이었던 것이다.

아침 일찍 실어온 대룡포의 모형으로 가토 기요마사를 완벽하게 속아 넘긴 것이다. 일종의 기만작전에 속은 셈이었다.

74

이런 유인계는 21세기에도 사용되었다.

고대에는 사람을 닮은 허수아비나, 깃발을 이용해 아군의 병력 수를 부풀렸다. 그리고 21세기에는 탱크나, 전투기 모양의 풍선을 따로 제작해 적성국의 위성정찰을 교란하였다.

김덕령은 전 부대에 반격을 명했다.

탕탕탕!

용아의 총성이 울리며 왜군 장창부대 앞 열이 허무하게 무너졌다. 그러나 왜군은 더 이상 도망치지 않았다. 아니, 도망칠 수가 없었다. 가토 기요마사의 가신단이 퇴로를 틀어막는 바람에 그들이 나아갈 수 있는 방향은 전면 밖에 없었다.

용아에 피해를 계속 입으면서도 쉼 없이 전진한 왜군은 마침내 장창으로 조선군을 찌를 수 있는 위치에까지 이르렀다.

그야말로 목숨을 담보로 하는 죽음의 행진이었다.

그때, 김덕령이 소리쳤다.

"죽폭을 던져라!"

그 즉시, 즉폭 수십 발이 날아가 왜군 사이에 떨어졌다.

여기저기서 비명과 폭음이 연달아 울리며 연기가 뿌옇게 올라왔다. 죽폭의 연기로 시간을 번 6연대는 다시 용아를 장전한 채 기다렸다. 잠시 후, 연기가 걷히기 무섭게 6

연대는 다시 한 번 일제사격으로 가토 기요마사의 왜군을 쳐갔다.

탕탕탕!

총소리가 울릴 때마다 왜군 하나가 쓰러졌다.

아니, 운이 좋으면 탄환 한 발에 두 명이 쓰러지기도 하였다.

그 만큼 왜군은 한 곳에 뭉쳐 있었다.

당연한 일이었다.

왜군이 사용하는 장창전술은 모여 있을수록 큰 힘을 발휘했다.

반면, 6연대 병사들은 옆에 있는 전우와의 거리를 최소한 1미터 이상 유지했다. 용아는 그 자체로 훌륭한 무기여서 모여 있을 필요가 없었던 것이다. 아니, 모여 있을수록 지금 당하는 왜군처럼 적에게 큰 표적지로 전락할 위험이 있었다.

현대전으로 갈수록 적이 보는 표적의 면적이 작아야 유리했다.

각개전투나, 산개대형을 보병에게 가르치는 이유였다.

몇 차례의 일제사격에 왜군 숫자는 빠른 속도로 줄어들었다.

철컥!

김덕령은 용아를 뽑아 총구 끝에 총검을 끼웠다.

그리곤 앞으로 달려 나가며 고함을 질렀다.

"연대 돌격 앞으로!"

맨 앞에서 달려 나가던 김덕령은 장창을 찔러오던 왜군을 향해 장전한 용아의 총구를 겨누었다. 당연히 달리면서 쏘는 총은 고정된 자세에서 발사할 때보다 훨씬 부정확하였다.

그러나 3, 4미터쯤 되는 가까운 거리에서 면적이 가장 넓은 가슴을 향해 발사한다면 맞출 확률은 몇 배로 올라갔는데 지금이 그러했다. 김덕령의 총구가 올라가는 순간, 장창을 찔러오던 왜군이 넘어갔다. 운동법칙에 따라 총구 속도가 빠를수록 에너지가 증가하니 당연히 더 큰 상처를 입었다.

김덕령은 착검한 총검을 쓰러진 왜군의 목에 깊숙이 찔렀다.

푹!

총검의 날이 완전히 사라질 때까지 찌른 김덕령은 바로 뽑아내며 옆으로 움직였다. 그가 있던 자리에 창날이 지나갔다.

김덕령은 죽폭에 불을 붙여 왜군 앞으로 굴렸다.

펑!

폭음과 함께 그를 찔러오던 왜군이 몸에서 피를 흘리며 나가떨어졌다. 죽폭의 위력이 아무리 약해도 직격당하면 살아남기 힘들었다. 설령 즉사를 피한다고 해도 폭발할 때 비산한 쇠 조각이 몸에 파고들어 빠른 시일 내에 사망할 확률이 높았다. 지금 의료기술로는 감염, 패혈증을 피하지 못했다.

일견 잔인해보이지만 이런 게 바로 전쟁이었다.

모든 방법을 동원해서라도 전쟁은 피해야하겠지만 전쟁을 피할 수 없을 때는 무엇보다 냉정한 판단이 필요한 것이다.

김덕령의 용감한 돌격은 6연대 병사들의 사기를 진작시켰다.

김덕령을 따라 돌격한 6연대 병사들이 저항하는 왜군을 몰아내며 진지 안으로 들어온 가토의 2번대를 몰아내기 시작했다.

3장. 반전(反轉)

光海鑑

3장. 반전(反轉)

가토 기요마사는 초조했다.

눈앞에 포병연대가 있는데 부하들이 방어선을 뚫지 못하는 중이었다. 더 큰 문제는 따로 있었다. 1연대와 5연대를 막기 위해 움직였던 코지마부대가 궤멸상태에 놓인 것이다.

원래 코지마부대의 목적은 가토 기요마사의 주력이 포병연대를 치는 동안, 1연대, 5연대가 합류하지 못하도록 만드는데 있었다. 코지마는 지시대로 1연대와 5연대를 막았다.

그들이 좋아하는 말로 옥쇄(玉碎)까지 각오한 채 1연대와 5연대의 발목을 잡았다. 1연대와 5연대는 거의 서너 배

가 넘는 병력과 우세한 화력을 가지고도 쉽사리 떼어내지
못했다.

그 만큼 코지마부대의 분전은 눈부셨다.

만약, 작전이 성공했다면 코지마부대는 나중에 영웅으
로 추앙받을 만한 업적을 하나 세운 셈이었다. 그러나 그
들은 영웅으로 추앙받지 못했다. 아니, 그런 기회조차 얻
지 못하였다.

주공(主攻)을 맡은 가토 기요마사의 2번대 본대가 쉽게
성공할 거라는 애초의 예상과 다르게 포병연대 앞에서 지
지부진한 결과를 내고 말았다. 근거리 접전에서는 조선군
포병연대를 가토 기요마사의 주력이 압도할 거라 내다봤
으나 불행히도 그들이 상대하던 병력은 조선군 포병연대
가 아니라, 포병연대처럼 위장 중이던 김덕령의 6연대 주
력이었다.

탕!

코지마는 이마에 구멍이 뻥 뚫려 앞으로 쓰러졌다.

가토 기요마사의 작전이 성공했다면 죽음조차 겸허히
받아들일 용의가 있었지만 지금은 개죽음에 불과할 따름
이었다.

코지마를 끝으로 1연대와 5연대의 고삐를 죄던 손은 풀
어졌다.

그 다음은 당연히 6연대에 막혀 있는 가토 기요마사 주

력이 목표였다. 성난 파도처럼 밀려간 1연대와 5연대는 가토 기요마사의 주력 뒤를 맹렬히 들이쳤다. 가토 기요마사는 곧 앞과 뒤에서 6연대, 1연대, 5연대의 협공을 받아야 했다.

그러나 불행은 혼자 찾아오지 않는 법이었다.

정기룡의 2연대를 저지하던 나가오카와 요시다의 부대가 거의 동시에 무너졌다. 그들이 막던 제방이 터지며 분노한 2연대가 노도와 같은 기세로 모여들어 가토 기요마사 주력의 양 옆구리에 치명상을 입혔다. 가토 기요마사는 네 방향에서 조선군의 포위공격을 받으며 거의 전멸위기에 놓였다.

가토 기요마사는 고개를 돌려 뒤를 돌아보았다.

이제 믿을 것은 선암사에서 출발한 마에다 도시이에의 주력과 동천 방향에서 남서쪽으로 진격할 다테 마사무네의 4번대 밖에 없었다. 둘 중 하나가 도착해 숨통을 틔워준다면 희망은 아직 있었다. 오히려 그가 조선군 주력을 붙잡아주는 동안, 마에다군과 다테군이 조선군을 격파할 수 있었다.

가토 기요마사는 고개를 잠시도 가만두지 못했다.

신체구조상, 목이 더 이상 돌아갈 수 없을 때까지 뒤쪽으로 돌린 가토 기요마사는 애타는 마음으로 지원군을 기다렸다.

그때였다.

마침내 기다리던 지원군이 남동쪽 언덕 위에 모습을 드러냈다.

엄청난 함성과 지축을 뒤흔드는 발굽소리.

정연한 군기와 체력이 생생한 2만의 대군.

바로 왜군 총사령관 마에다 도시이에의 병력이었다.

이는 작전의 성공을 의미하는 상징적인 사건이었다.

마에다 도시이에는 조선군 포병연대의 포격방향 밖에서 접근하는 중이었다. 가토 기요마사의 2번대가 지나온 길을 그대로 따르면 되니 그들이 포병연대의 포격에 당할 일은 없었다.

가토 기요마사의 목어 팽이가 풀리듯 다시 앞으로 돌아갔다.

그가 아직도 포병연대라 철석같이 믿는 조선군은 대룡포 포신을 동쪽으로 향한 채 그의 부하들을 막느라 정신이 없었다.

용기백배한 가토 기요마사는 부하들을 독려했다.

"마에다군의 지원이 곧 당도할 것이다! 모두 조금만 더 힘을 내라! 조금만 버티면 금과 영지를 듬뿍 받을 수 있을 것이다!"

그러나 사면을 포위당한 그의 부하들은 차가운 몸뚱이로 변해 바닥에 쓰러졌다. 조선군 일부는 그의 가신단이 만든 방어를 돌파하더니 그가 있는 곳을 직접 공격하기 시작했다.

가토 기요마사의 목이 다시 뒤로 돌아갔다.

흙먼지를 피워올리며, 중천에 뜬 햇볕을 받아 번쩍번쩍 빛을 발하는 마에다의 대군이 300미터 거리에 도착해 있었다.

가토 기요마사는 냉정히 따져보았다.

부하들이 죽어가는 속도와 마에다군이 도착하는 속도를 계산했다. 다행히 악에 받친 부하들이 조선군을 상대로 힘을 내기 시작했다. 그들 역시 마에다군이 근처에 있다는 것을 눈으로, 귀로, 본능으로 알았던 것이다. 조금만 더 힘을 내면 곧 2만에 이르는 지원군이 그들을 대신해 싸워줄 것이다.

마에다군의 상황은 아주 좋았다.

가토군이 조선군의 이목을 그들에게 집중시키는 바람에 별다른 방해를 받지 않은 마에다군은 빠른 속도로 접근해 왔다.

그제야 마음이 놓인 가토 기요마사는 긴 한숨을 토했다.

걱정했던 마에다 도시이에의 기만전략이 통하는 순간이었다.

사실, 마에다 도시이에가 낸 전략이 마음에 든 것은 아니었다.

포병을 대거 운용하는 조선군을 상대하기 위해 본토에

서부터 준비해왔던 기동전과 야습이라는 두 가지 계획이 모두 실패하는 순간, 왜군 하늘에는 짙은 암운이 드리워져 있었다.

임진왜란에 이어 또 한 번 좌절을 맛보기 직전이었다.

기세 좋게 상륙했던 왜군 육군 10만 중 벌써 1번대와 5번대, 6번대가 궤멸당해 전력이 반으로 줄어있는 상태였다. 심지어 1번대 주장 고니시 유키나카와 그의 사위 소 요시토시는 생포 당했다. 그리고 5번대를 지휘하던 가모 가문의 어린 영주는 개죽음을 당했다. 그때까지 가토 기요마사의 기분은 그리 나쁘지 않았다. 아니, 오히려 살짝 좋은 적도 있었다.

평생의 숙적이라 생각했던 고니시 유키나카가 생포당하는 치욕을 겪은 게 어느 정도는 그의 마음을 기쁘게 만들었다.

그가 고니시 유키나카의 상황이었다면 주저 없이 할복을 택했을 것이다. 그게 사무라이가 최후를 장식하는 방법이었다.

그러나 고니시 유키나카는 기리시탄인지, 뭔지 때문에 적에게 생포당하는 치욕을 감수했다. 그로선 이해가 가지 않았다.

가모의 어린 영주가 죽은 것에 대해선 별다른 감정이 없었다.

그의 아버지 가모 우지사토와는 관계가 나쁘지 않았지만 가모의 어린 영주는 아버지에 미치지 못한다는 소문을 들었다.

적자생존(適者生存)!

능력이 없으면 도태당하는 것이다.

그게 세상의 진리였다.

가모의 어린 영주가 평범한 소작농의 아들로 태어났다면 장수했을지 모르지만 그는 90만석을 가진 대영주였다. 분수에 넘치는 자리였던 것이다. 그러니 도태당하는 것은 당연했다. 그게 피가 난무하는 그들 시대의 철칙(鐵則)이었다.

그런 가토 기요마사가 긴장하기 시작한 것은 6번대 주장 시마즈 요시히로가 금정산에서 대패해 조선군에게 쫓기던 중 서둘러 할복한 때부터였다. 시마즈 요시히로는 고니시 유키나카나, 가모의 어린 영주와는 차원이 다른 사람이었다.

시마즈 요시히로가 궁벽한 큐슈가 아니라, 교토와 가까운 긴키에 자리를 잡고 있었다면 왜국을 통일하는 것은 도요토미 히데요시가 아니라, 그였을지 모를 만큼 대단한 자였다.

심지어 25만의 대군으로 큐슈를 정복한 다음, 시마즈 가문을 굴복시킨 도요토미 히데요시마저 꺼리는 마음이 있을 정도였다. 자존심이 강한 가토 기요마사도 시마즈 요시히로에게는 어느 정도 접어주고 들어가는 면이 있었다. 한데 큐슈의 맹장이던 그가 비참하게 패해 결국 할복을 택한 것이다.

가토 기요마사는 한겨울 새벽에 뜨뜻한 아랫목에서 늦잠을 자다가 찬물을 뒤집어 쓴 사람처럼 충격을 받았다. 고니시 유키나카가 잡혔다고 좋아할 만한 상황이 절대 아니었다.

그때, 마에다 도시이에가 다른 계획을 내놓았다.

임진년의 총대장 우키타 히데이에가 아직 젖비린내 가시지 않은 애송이였다면 마에다 도시이에는 산전수전 다 겪은 가가의 영주였다. 가가에 있는 그의 영지는 120만석이었다.

도요토미 히데요시와 도쿠가와 이에야스 등을 제외하면 그에 비견할 인물이 현재 없었다. 또, 일종의 정치고문에 해당하는 오대로 수좌에 있었고 오다 노부나가 밑에 있을 때 도요토미 히데요시와 우정을 쌓아 가족끼리 왕래하는 등 도요토미 히데요시가 누구보다 신뢰하는 친구 겸 심복이었다.

한데 그런 마에다 도시이에가 이번에 세운 계획은 유치하기 짝이 없었다. 계획의 주요 골자는 병력을 숨겨 기습하는데 있었다. 마에다가 직접 데려온 2만 병력을 가토 기요마사가 주둔한 선암사에 몰래 옮겨 그 곳에서 기습하는 것이다.

정찰이 활발한 조선군의 상황으로 볼 때 조선군 수뇌부는 선암사에 있는 병력을 가토 기요마사가 데려온 2번대 8천명으로 알 테니 그때 마에다군 2만을 더해 2만8천으로 기습해 조선군이 대처하기 전에 포병부터 없애자는 계획이었다.

가토 기요마사는 적이 속을 리도 없을 뿐 아니라, 사무라이가 하기에는 너무 조잡한 전략이라는 생각을 하였으나 어쨌든 이번 군령은 마에다 도시이에에게서 나오는 상황이라 어쩔 수 없이 마에다 도시이에의 전략을 따를 수밖에 없었다.

마에다 도시이에는 작전에 필요한 수레를 제작하라 명했다.

그 즉시, 왜군은 가져온 수레에 가죽이나, 나무, 천 등을 덮어 지붕을 가렸다. 지붕을 가리면 그 안에 뭐가 있는지 조선군은 알지 못했다. 그게 군량이나, 화약일 수 있고 사람일 수도 있었다. 슈뢰딩거의 고양이처럼 상자를 열어보기 전에는 그 고양이가 살아있는지, 죽어있는지 모르는 것이다.

마에다 도시이에가 수레를 만드는 동안, 가토 기요마사는 선암사에 굴을 팠다. 성벽 밑에 구멍을 뚫어 성벽을 무

광해록 89

너트리거나, 땅굴을 파서 수원(水原)을 차단하는 방법은 왜국이 보편적으로 사용하는 전략이어서 어려운 작업은 아니었다.

다만, 시간이 촉박한 게 문제였다.

가토 기요마사는 가신단을 독촉해 작업량을 배로 늘려갔다.

그리고 땅굴을 구축하는 대로 마에다 도시이에가 제작한 지붕 덮인 수레에 마에다군을 실어 선암사로 나르기 시작했다.

그렇게 며칠하니 1만 명이 훌쩍 넘는 병력이 선암사 땅굴에 잠복할 수 있었다. 겉으론 선암사에 주둔한 왜군의 숫자가 8천 안팎으로 보이지만 실제론 1만8천에 이르는 것이다.

조선군은 왜군의 그런 전략을 전혀 모르는지 별다른 동요가 없었다. 만약, 왜군이 지붕 덮인 수레로 병력을 몰래 운송한다는 사실을 알았다면 백양산에서 일찍 내려왔을 것이다.

한데 조선군은 선암사와 새터, 동천 등지에 기웃거리기만 할 뿐, 별다른 행동을 보이지 않았다. 안심한 왜군 수뇌부는 운송속도를 더 높였다. 이 작전의 성패는 적이 알아채기 전에 재빨리 기습하는데 달려있다고 해도 과언이 아니었다.

그때, 사고가 일어났다.

운송하던 도로 중 한 곳에 조선군이 용조를 매설해둔 것이다.

용조가 터지며 운송부대가 크게 다쳤다.

그리고 지붕 덮인 수레에 실려 있던 병력 역시 크게 다쳤다.

왜군 수뇌부는 잔뜩 긴장했다.

조선군에게 그들의 의도가 발각당한 줄 안 것이다.

그러나 조선군은 별다른 동요를 보이지 않았다.

그로부터 3일 동안, 백양산에 그대로 머무르며 움직이질 않았다.

신중한 마에다 도시이에는 하루를 더 기다려보았다.

그러나 역시 조선군은 움직이지 않았다.

그제야 안심한 마에다 도시이에는 다시 병력을 수송하라 명했다. 2만8천의 대군을 먹일 군량과 무장시킬 무기 등을 같이 실어 날라야해서 밤낮을 가리지 않고 열심히 움직였다.

후방에서 이를 지휘하던 마에다 도시이에도 선암사에 도착해 거기에 있는 가토 기요마사와 작전의 세부사항을 조율함과 동시에 동천에 있는 다테 마사무네와 새터에 있는 우에스기 카게카츠에게 가신을 보내 만반의 준비를 갖췄다.

그렇게 해서 기습 준비가 막 끝났을 무렵.

동면한 곰처럼 움직이지 않던 조선군이 백양산에서 내려왔다.

정찰을 통해 조선군이 선암사로 진격해온다는 소식을 접한 마에다 도시이에는 가토 기요마사의 8천을 내보냈다. 그리고 가토 기요마사가 출발하기 전에 단단히 주의를 주었다.

"이번 작전의 목적이 조선군 포병대을 없애는 것임을 잊지 마시오. 그러니 포병대가 근처에 없을 경우에는 깊이 들어가지 마시오. 그때는 훗날을 도모하는 게 최선의 방법이오."

가토 기요마사가 물었다.

"포병대가 근처에 있을 때는 어찌 합니까?"

"당연히 먼저 선공을 취하시오. 그리고 선암사에 있는 나와 동천에 있는 다테군에 전령을 보내 소식을 알려주도록 하시오. 그럼 나는 재빨리 그대와 합류해 조선군을 치겠소."

가토 기요마사는 마에다 도시이에의 명을 충실히 이행했다.

조선군 포병연대를 확인하기 무섭게 달려들어 발목을 잡았다.

이젠 마에다 도시이에가 발목이 잡힌 적을 짓밟아줄 차례였다.

2만8천의 대군. 가토 기요마사의 2번대 숫자가 방금 전보다 줄어서 2만8천까진 아니겠지만 어쨌든 그에 준하는 대병력으로 포병연대를 보호하기 위해 애쓰는 조선군을 바깥에서부터 강하게 몰아붙일 수 있는 기회가 그들에게 찾아왔다.

가토 기요마사의 2번대가 포위당한 모습을 본 마에다군 2만은 속도를 더 높여 무덤이 있는 언덕에서 내려왔다. 그리곤 최고 속도로 달려와 남쪽에 있는 1연대를 기습하려 하였다.

한편, 마에다군 2만의 투입을 확인한 이혼은 재빨리 명했다.

"후퇴하시오!"

"예, 전하!"

대답한 권율은 뒤로 돌아섰다.

이혼과 권율 등 조선군 수뇌부는 전장이 내려다보이는 서쪽 산기슭 위에 올라와있었다. 다행히 날이 아주 좋아 시야는 좋은 편이었다. 전장에 있는 병사들이 개미처럼 작게 보이긴 하지만 어떤 식으로 전투가 이루어지는지 훤히 보였다.

지금까진 이혼이 세운 작전이 완벽히 맞아떨어졌다.

6연대를 포병연대라고 단단히 착각한 가토 기요마사는 깊숙이 들어와 포위당하는 결과를 만들어내었다. 그러자 선암사에 있는 마에다 도시이에의 대군이 그런 가토 기요 마사를 돕기 위해 급히 달려오는 중이었는데 조선군이 노리던 점이 바로 그거였다. 선암사에 있는 마에다군을 빨리 끌어내서 처리하는 게 이혼이 세운 작전의 골자에 해당하였다.

"전군 후퇴를 명하라!"

권율의 쩌렁쩌렁한 외침이 산기슭에 있던 새들을 하늘로 쫓아버렸다. 권율의 명을 들은 도원수부 전령들은 급히 깃발을 휘둘렀다. 5미터 길이의 붉은색 깃발은 날이 좋으면 몇 킬로 밖에서도 충분히 알아볼 수 있을 만큼 거대하였다.

전장에 있던 1연대 본부대대 소속의 통신과장은 수시로 고개를 돌려 산기슭 방향을 주시했다. 그러다가 산기슭 위에 붉은 깃발이 좌우로 흔들리는 모습을 보았다. 바람이 없음에도 붉은색을 칠한 거대한 깃발이 눈에 똑똑히 들어왔다.

통신과장은 급히 말을 몰아 1연대장에게 달려갔다.

1연대장 황진은 남서쪽에서 가토군 남쪽을 공격하는 중이었다.

"장군!"

부르는 소리에 고개를 돌린 황진은 귀를 막으며 물었다.

총성이 워낙 커 목소리가 잘 들리지 않았다.

황진은 통신과장 바로 옆으로 걸어가 물었다.

"위에서 명이 떨어졌는가?"

"예, 장군! 후퇴하라는 도원수부의 명입니다!"

"알겠다!"

대답한 황진은 배에 힘을 잔뜩 주어 소리쳤다.

"1연대 병사들은 들어라! 지금부터 정해진 장소로 퇴각한다!"

쩌렁쩌렁한 외침이어서 듣지 못한 병사는 별로 없었다.

1연대 병사들은 뜨겁게 달아오른 용아를 등 뒤에 짊어진 채 몸을 돌려 뒤로 뛰기 시작했다. 이미 완벽하게 압박한 상태였던지라, 포위당한 가토군은 감히 쫓아올 생각을 못했다.

아니, 오히려 당황했다고 말하는 게 더 맞았다.

가토군은 조선군이 그들을 버려둔 채 도망칠 줄은 상상조차 못했다. 가토군을 버려둔 채 도망친다는 말은 그들이 애지중지하는 대룡포를 왜군에게 넘겨준다는 말과 다르지 않았다.

그들로선 이해가 가지 않는 일이었다.

가토군은 그 자리에 멍청히 서서 서쪽으로 도망치는 조선군의 꽁무니와 남동쪽에서 다가오는 마에다군을 번갈아 보았다.

마에다군이 달려오는 속도가 조금 더 빨랐다.

마에다군 진중에서 환갑을 넘은 것으로 보이는 왜장 하나가 범 같은 시동들의 호위를 받으며 말을 몰아 달려 나왔다.

최고급 가죽과 최고급 쇠로 만든 투구와 가슴갑옷이 오후의 따가운 햇빛을 받아 찬란한 빛을 뿌렸다. 투구를 장식하기 위해 달아놓은 화려한 금장식은 거의 투구만큼 커서 그의 신분이 범상치 않다는 사실을 온몸으로 말해주는 듯했다.

거리가 가까워질수록 왜장의 용모가 확연히 드러났다.

꼬리가 쳐진 얇은 눈썹과 툭 튀어나온 광대뼈, 고집이 드러나는 꽉 다문 입술이 까맣게 탄 얼굴에 오밀조밀 모여 있었다.

얼핏 보면 제법 규모가 있는 촌의 촌로(村老)처럼 보이지만 그의 신분은 절대 범상치 않았다. 그가 바로 10만 육군과 3만 수군을 지휘하는 왜군 총사령관 마에다 도시이에였다.

마에다 도시이에는 상황을 바로 파악했다.

"우리는 도망친 조선 놈들을 추격할 테니 2번대는 적의 포병이 남겨놓은 포를 부숴놓게. 그러나 다 부숴서는 안 되네. 나중에 연구를 해야 하니 몇 문은 수레에 미리 실어놓게."

가토 기요마사는 마에다 도시이에의 일방적인 명령에 움찔했다. 석고나, 관직에는 차이가 있지만 어쨌든 그와 마에다 도시이에는 같은 영주의 신분이었다. 입술을 잘근 깨무는 가토 기요마사의 얼굴에 여러 가지 감정이 스쳐지 나갔다.

가토 기요마사는 마에다 도시이에가 도착하기 무섭게 그와 그의 부하들의 공을 상찬할 줄 알았다. 이번 전투에서 그는 반이 넘는 부하를 잃었으니 상찬을 받는 게 당연했다.

한데 마에다 도시이에는 그런 게 없었다.

그저 주위에 널린 시신을 보며 눈살을 살짝 찌푸렸을 뿐이다.

그러나 어쩌랴.

마에다 도시이에는 왜군의 총사령관이었다.

그것도 도요토미 히데요시가 몇 번이나 부탁해 맡은 자리였다.

가토 기요마사는 도요토미 히데요시의 시동으로 시작해 지금의 자리에 올랐지만 마에다 도시이에는 상황 자체가 달랐다.

마에다 도시이에와 도요토미 히데요시는 둘 다 오다 노부나가의 총애를 받으며 성장했다. 그런 관계로 둘 다 별 볼일 없을 때부터 친하게 지내 도요토미가의 대표적인 가신으로 꼽히는 이시다 미쓰나리 등과도 비교가 힘든 사람이었다.

가토 기요마사는 입을 앙다문 채 고개를 끄덕였다.

알았다는 의미였다.

가토 기요마사에게 지시를 내린 마에다 도시이에는 냉정한 눈으로 돌아서선 대기하던 가신들에게 도망치는 조선군을 추격하라 명했다. 바람처럼 달려와 가토군을 구해준 마에다군은 다시 바람처럼 달려 도망치는 조선군 추격에 나섰다.

뒤에 덩그러니 남은 가토 기요마사는 신경질을 내며 소리쳤다.

"다들 마에다영주의 지시를 들었겠지? 빨리 움직여라!"

살아남은 가신들은 풀죽은 얼굴로 조선군이 버린 대룡포를 향해 걸어갔다. 단순히 이번 전투에서 부하들이 많이 죽어 풀이 죽어있는 것은 아니었다. 이번에 전사한 부하들 중에는 그들의 가족이 있었다. 아버지, 아들, 손자, 형제, 친구, 동료 등 불과 하루 전까지 웃고 떠들던 가족과 친구들이 이번 전투에서 무수히 죽어나갔다. 기분이 좋을 리가 없었다.

가신들은 부하들을 앞세워 포병연대 진지를 수색했다.

대룡포 수십 문이 어지럽게 널려 있었다.

쓰러진 대룡포를 발로 차던 부하 하나가 눈을 크게 떴다. 얼마나 크게 떴던지 눈알이 눈에서 튀어나오기 직전이었다.

침을 삼킨 부하가 가신에게 달려가 속삭였다.

가신 역시 놀라기는 마찬가지였다.

부하가 한 말이 믿기지 않는다는 듯 직접 달려가 살펴보았다.

한데 부하의 말이 맞았다.

그들이 수확한 대룡포는 대룡포가 아니었다.

통나무에 색을 칠하고 속을 파서 만든 나무모형이었다.

그가 아무리 화포에 대해 모른다고 해도 나무로 쏘는 화포가 없다는 것은 알았다. 가신은 그 즉시 따르는 중신에게 달려갔다. 가신단 역시 지위에 따라 원하기만 하면 영주와 독대할 수 있는 중신과 그렇지 못한 가신들로 나뉘어졌다.

수하의 보고를 받은 중신은 급히 가토 기요마사를 찾아갔다.

"영주님, 큰, 큰일 났습니다!"

잔뜩 구겨져있던 가토 기요마사의 얼굴이 더 구겨졌다.

마치 어린아이가 종이를 마구 구겨놓은 것 같은 표정이었다.

"무슨 일이냐? 괜한 일로 부산을 떠는 것이라면 용서치 않겠다."

"화, 화포가 가짜입니다!"

"그게 무슨 소리냐? 화포가 가짜라니?"

말로 해서는 안 될 것 같다는 생각을 했는지 중신이 소리쳤다.

"직접 보십시오!"

그때, 병사 몇 명이 대룡포 모형을 그 앞에 가져왔다.

가토 기요마사는 말에서 내려 대룡포 모형을 직접 살펴보았다.

"이, 이럴 수가."

가토 기요마사는 놀란 눈으로 비틀거리며 물러섰다.

옆에 있던 중신이 급히 부축했다.

가토 기요마사의 시선에 담긴 감정이 경악에서 의혹으로 바뀌었다. 그리고 두려움으로 다시 한 번 변했다. 속은 것이다.

그것도 완벽하게 속았다.

조선군의 기만작전에 속아 불구덩이에 뛰어든 셈이었다.

이 빌어먹을 모형을 얻기 위해 수천의 부하를 희생했단 말인가!

가토 기요마사는 분노에 찬 고함을 질렀다.

가신과 병사들은 고개를 들지 못했다.

그때였다.

중신 하나가 겁에 질린 얼굴로 다가왔다.

"영주님, 어서 마에다영주님께 연락을!"

"뭐?"

"이곳에 있는 적의 화포가 가짜라면 진짜는 다른 곳에 있다는 뜻일 겁니다! 조선군을 추격하는 마에다군이 위험합니다!"

가토 기요마사는 그제야 상황을 파악한 듯 소리쳤다.

"어서 마에다에게 전령을 보내라! 한시가 급하다!"

가토 기요마사의 명을 받은 전령들이 말에 올라 서쪽으로 떠났다. 전령이 떠난 후 잠시 고민하던 가토 기요마사는 남은 병력을 수습해서 전령의 뒤를 쫓았다. 조금이라도 힘을 보태야했다. 그렇지 않으면 전공이고 뭐고 간에 왜군 전체가 끝장날 판이었다. 간신히 수습한 병력은 3천이 넘지 않았다. 전투 한 번에 반이 넘는 병력이 날아가 버린 것이다.

"이랴!"

채찍을 휘두르는 가토 기요마사의 손길이 바빠졌다.

한편, 상부의 명으로 가토군에 대한 포위를 푼 조선군은 두 갈래로 나뉘어 후퇴했다. 남쪽에 있던 1연대와 5연대는 남서방향으로, 북쪽에 있던 2연대와 6연대는 북서방향으로 각각 후퇴했다. 가토군이 추격을 단념했기에 꼬리는 멀쩡했다.

산기슭 위에서 이를 지켜보던 이혼은 권율을 보았다.

권율 역시 마침 이혼을 보는 중이었다.

시선이 마주친 두 사람은 말없이 미소를 지었다.

잠시 후, 이혼이 먼저 입을 떼었다.

"마에다군은 지금 어디에 있소?"

"곧 보일 것이옵니다."

권율의 예상은 귀신같이 맞아떨어졌다.

1, 2분이 채 지나기 전에 마에다군의 선봉이 모습을 드러냈다.

가토 기요마사의 2번대는 진주성에서 김시민의 전라사단을 상대로 공성전을 펼쳐 많이 상해 있는 상태였다. 그래서 포위공격에 당해 힘 한 번 써보지 못하고 무너진 것이다.

그에 비해 마에다 도시이에가 지휘하는 마에다군은 부산포에 상륙한 이래로 별다른 전투를 치루지 않아 쌩쌩하였다.

추격하는 속도가 점점 빨라졌다.

그러나 도망치는 조선군은 아침나절 내내 치열한 전투를 펼친지라, 점점, 그리고 빠른 속도로 지쳐갔다. 행군과 구보로 단련한 다리지만 피곤이란 괴물 앞에서는 통하지 않았다.

긴장한 이혼의 손에 땀이 흥건히 맺혔다.

조선군과 마에다군의 거리는 60미터였다.

기병이라면 몇 분 안에 따라잡힐 거리였다.

조선군의 훈련 상태가 아무리 좋아도 퇴각 중에 꼬리를 잡히면 좋은 결과를 기대하기 힘들었다. 긴장하는 게 당연했다.

흥건한 땀을 군복 바지에 닦은 이혼은 고개를 들었다.

"위험하지 않겠소?"

옆에 있던 권율은 고개를 저었다.

"곧 공병대가 한몫 톡톡히 할 테니 지켜보시옵소서."

권율의 표정은 자신감으로 가득했다.

이혼은 권율을 믿었다.

지금 이 시점에서 도원수를 믿지 않으면 대체 누굴 믿겠는가.

그러는 사이에 조선군과 마에다군의 거리는 더 가까워졌다.

이젠 조총을 쏘면 후방에 있는 병사들이 위험했다.

무방비상태나 다름없었다.

방탄조끼가 있다한들 조총 탄환이 만드는 무지막지한 운동에너지를 감당해내지 못했다. 방탄조끼에 들어가는 철판의 두께를 늘리면 조총 탄환을 완벽히 막아낼 수는 있었다. 그러나 문제는 그렇게 하면 너무 무거워 움직이기 힘들었다.

플레이트 아머를 입던 중세 보병이 사라진 이유 역시 아무리 힘들게 갑옷을 입어봐야 총의 탄환을 막아내지 못하기 때문이었다. 그 후에는 아예 갑옷을 입지 않은 근대보병이 등장했다. 살상이 가능한 유효사거리 내에서는 어차피 갑옷을 입던, 입지 않던 같은 결과가 나왔기 때문이었다.

이혼의 시선이 다시 권율에게 향했다.

그러나 권율은 여전히 자신 있는 표정이었다.

마치 군신(軍神)이 강림한 이상, 절대 패할 리 없다는 듯했다.

이혼은 권율을 다시 한 번 믿어보며 시선을 동쪽으로 돌렸다.

그때, 무언가 변화가 생겼다.

4장. 함정

4장. 함정

근위사단 본부연대는 근위사단의 부모와 같은 존재였다.

그러다보니 본부연대에는 보병연대와 달리 특수한 병종들이 있었다. 먼저 가장 중요한 부서로 꼽히는 군수과가 있었다.

군수과는 병조 산하에 있는 군기시로부터 무기, 군량, 의복 등 군대에 필요한 모든 물품을 지급받아 그것을 다시 사단에 있는 병사들에게 나누어주는 중요한 임무를 수행해왔다.

군수과 다음으로는 통신과가 중요했다.

통신과는 말 그대로 도원수부와 사단사령부 간의 통신

부터해서 사단사령부와 예하 연대들의 통신을 책임지고 있었다.

통신과 다음으로는 공병대(工兵隊)가 있었다.

공병대의 임무는 크게 두 종류였다.

하나는 지원임무였는데 사단사령부와 연대, 대대 등이 필요로 하는 건물을 세우거나, 군사도로를 만드는 등의 일이었다.

그리고 다른 하나는 전투적인 임무였다.

전투에 필요한 임시 건물이나, 군막 등을 짓는 일부터 시작해 도하를 위한 선교(船橋) 등을 짓는 일이 바로 그러했다.

또, 용염의 설치와 용조의 매설이 필요한 작업 역시 공병대가 맡았다. 일반 보병들 역시 용조와 용염을 사용할 줄은 알지만 공병대만큼 전문가는 아니어서 급할 때가 아니면 본부연대에 있는 공병대가 나서서 이러한 일을 처리해왔다.

전투는 보병이 치르지만 공병대와 같은 지원부대가 도와주지 않으면 승리하지 못했다. 물 위에서는 평온한 듯 보이는 오리가 물 밑에서는 열심히 발을 저어야하는 거처럼 공병대와 같은 부대가 제몫을 해줘야 작전의 성공이 가능했다.

근위사단 본부연대 공병대대 대장은 이사춘(李思春)이

었다.

전에 있던 대장은 무과를 급제한 촉망받는 무관이었으나 그는 공병이 해야 할 일에 대해 거의 아는 게 없었다. 그래서 부랴부랴 선공감(繕工監)의 최고 기술자를 데려와 공병을 훈련시키도록 하였다. 그 사람이 바로 지금 이사춘이었다.

이사춘은 선공감에 있을 때 선배들을 통해 익힌 기술을 공병에게 가르쳤다. 그리고 이사춘 자신은 병사들에게 군대에 필요한 소양을 배웠다. 서로 상부상조(相扶相助)한 셈이다.

이사춘을 데려온 결정은 훌륭했다.

그가 공병대대를 맡은 후부터 일이 차근차근 풀리기 시작했다.

그런 이사춘에게 중요한 임무가 하나 떨어졌다.

포병연대로 위장한 6연대와 6연대를 지키기 위해 움직인 1연대, 2연대, 5연대가 가토 기요마사의 2번대와 치열한 전투를 펼치는 동안, 공병대는 후방에 함정을 구축해야 했다.

먼저 왜군을 유인하기로 한 곳에 격자 모양으로 용조를 매설했다. 용조를 매설할 때는 주의가 필요했다. 안전장치가 있지만 그게 매번 통하는 게 아니어서 실수는 용납되지 않았다.

또 한 가지 주의해야할 점은 폭발거리였다.

용조가 폭발할 때 다른 용조를 건드려 같이 폭발하는 일은 없어야했다. 적이 지나가기 전에 터져버리면 무슨 소용이겠는가. 그래서 용조를 매설할 때는 반경 계산이 필수였다.

마지막으로 용조를 매설할 때는 아군이 지나갈 길을 만들어야했다. 가장 좋은 방법은 아군은 다른 길을 이용하고 적만 공병대가 만든 지뢰매설지역에 들어오는 게 좋지만 현실적으로 어려울 때를 대비해 안전한 통로를 미리 만들었다.

그리곤 아군 지휘관에게 이를 알려주어 유사시 이용하게 하였다. 공병대대가 매설한 용조에 아군이 당하면 그들의 실수가 아니더라도 미안한 마음이 드는 게 인지상정이었다.

용조 매설을 마친 공병대는 용조 매설한 지역을 중심으로 남쪽과 서쪽, 그리고 북쪽방향에 용염을 설치하기 시작했다.

용염은 재래식 클레이모어였다.

제작방법은 간단했다. 이혼이 개량한 싱글베이스 무연화약과 작은 쇠구슬을 나무함에 넣어 뼈대를 만들었다. 그 다음에 도화선이 달린 신관과 연결해두면 그게 바로 용염이었다.

용염은 용조보단 훨씬 안전해서 설치 중에 터질 위험은 없었다.

그러나 한 가지 주의해야할 점이 있었는데 바로 터지는 방향이었다. 만약, 터지는 방향을 아군 쪽으로 한다면 적이 아니라, 아군이 몰살당하는 끔찍한 결과를 불러올 위험이 있었다.

그래서 반드시 설치가 끝나면 장교들이 돌아다니며 설치한 방향을 확인하도록 만들었다. 이사춘은 높은 곳에 올라가 아래를 내려다보며 수기로 용염매설작업을 진두지휘했다.

용염 수백 개를 동원한 대역사였다.

그 대역사를 반나절 안에 마쳐야했기에 물을 마실 틈도 없었다.

용염 설치는 남쪽에서 시작해 서쪽으로 올라갔다.

그리곤 서쪽에서 비스듬히 방향을 틀어 북쪽까지 이어졌다.

이사춘은 쉬지 않고 각도와 방향, 그리고 화력을 계산했다. 각도와 방향, 화력이 삼위일체(三位一體)를 이룬다면 그곳은 산기슭과 붙어있는 평범한 논이 아니라, 지옥 입구였다.

용염 설치를 막 마쳤을 무렵.

이사춘은 그 지역을 쥐덫이라 불렀다.

말 그대로 쥐를 잡는 덫이었다.

여기서 쥐는 왜군을 의미하지만 조선군 입장에서는 왜군이나, 쥐나 매한가지였다. 아니, 오히려 쥐에게 더 미안했다.

바닥에는 용조가 격자모양으로 펼쳐져있었다.

그리고 용조를 매설한 지역을 중심으로 서쪽, 남쪽, 북쪽에 용염이 있었다. 뚫려있는 곳은 적이 올 동쪽 밖에 없었다.

이는 철저한 계산과 정밀한 예측의 승부였다.

수십 가지의 변수가 있었지만 중요한 변수 몇 개만 맞는다면 공병대는 총 한번 쏘지 않고 가장 큰 공을 세우는 것이다.

이사춘은 두근거리는 마음으로 쥐덫을 보았다.

진인사대천명(盡人事待天命).

맡은 일은 다했으니 이젠 하늘의 심판만이 남았다.

그래도 마음을 비우는 일은 쉽지 않았다.

용조 매설지역에 만들어놓은 활로(活路)를 아군 지휘관들이 제대로 전해 들었는지, 그리고 용염 격발 임무를 맡은 공병대 병사들은 뙤약볕 아래서 정신을 차리고 있는지 등, 수십 가지의 걱정이 이사춘의 마음을 갈대처럼 흔들어대었다.

이사춘은 고개를 들어 하늘을 보았다.

중천을 지난해는 조금씩 서쪽으로 기우는 중이었다.

가장 더울 때였다.

그걸 증명이라도 하듯 쥐덫에서 올라온 지열이 아지랑이로 변해 꿈틀거리는 게 보였다. 이사춘은 자신이 긴장해서 땀을 흘리는 건지, 더워 그러는 건지 점점 헷갈리기 시작했다.

철모는 굴뚝을 막아놓은 아궁이 같았다.

정수리가 뜨거워 녹은 머리카락이 땀처럼 흘러내릴 것 같았다.

이사춘은 줄줄 흐르는 이마의 땀을 연신 소매로 훔쳐내었다.

땀에 전 소매에서는 악취가 풍겼으나 신경 쓰지 않았다.

전장에 있는 사람치고 악취가 나지 않는 사람은 없을 것이다.

소금기 가득한 땀이 눈에 스며들 때마다 안구가 타는 듯했다.

그리고 시야가 같이 흐려졌다.

마치 미친 듯이 쏟아지는 폭우 속에 홀로 서있는 기분이었다.

탈수 때문에 하늘은 이미 노랗게 변한지 오래였다.

그러나 물통을 열어서 물을 마실 생각은 하지 못했다.

그 사이, 적이 당도할까봐 걱정되었다.

또 한 번 굵은 땀방울이 이사춘의 시야를 흐리게 만들었다.

그때였다.

두두두!

미세한 진동이 발밑에서 울려왔다.

그리고 진동은 이내 다리를 지나 몸 전체에 퍼져갔다.

수만 명이 내는 진동이었다.

얼른 땀을 닦아낸 이사춘은 눈을 부릅떴다.

약한 산바람이 눈을 따갑게 했으나 감지 않았다.

열기가 만든 아지랑이 속에서 누런 먼지구름이 나타났다. 먼지구름 속에서 사람의 형체가 언뜻 비쳐졌다. 진짜 구름이 아니라, 수만 명이 동시에 움직이는 바람에 생긴 먼지였다. 갈라진 논바닥이 비명을 지르며 산산이 부셔져 내렸다.

이사춘은 눈을 비볐다.

먼지구름에서 수많은 그림자가 태어났다가 사라지길 반복했다.

고함을 치는 자, 뒤를 돌아보는 자, 무작정 앞만 보고 달리는 자, 넘어진 동료를 일으켜 세우는 자, 못이 박힌 듯 자리에 멈춰 움직이지 못하는 자. 그곳에 수많은 군상이 있었다.

아군이었다.

114

검은색 철모와 녹색군복이 한데 뭉쳐 짙은 녹색으로 보였다.

이사춘은 숨을 멈췄다.

아군 선두가 쥐덫의 입구에 발을 들여놓았다.

더 이상 버틸 수 없었던 이사춘은 눈을 감았다.

다시 한 번 진인사대천명.

하늘이 심판의 받을 차례였다.

심장이 터져나갈 거 같은 심정으로 눈을 감은 채 기다렸다.

속으로 열 까지 센 이사춘은 눈을 뜨고 밑을 보았다.

퇴각 중이던 아군은 그가 알려준 활로에 들어가 있었다.

거의 30미터에 이르는 활로 세 개가 사람으로 꽉 차있었다.

마치 호리병의 입구처럼 길은 좁은데 들어가려는 사람은 많으니 아비규환이 따로 없었다. 그러나 어쨌든 제 발로 용조매설구역에 들어가 자폭하는 사람은 없었다. 속도는 느리지만 어쨌든 안전한 곳만 밟아가며 급히 퇴각 중에 있었다.

이사춘은 옆에 있던 부관에게 물었다.

"어느 부대냐?"

"2연대입니다."

"정기룡장군의 부대 말이냐?"

"예, 대장."

부관의 대답에 이사춘은 고개를 끄덕였다.

과연 정기룡이라는 생각이 들었다.

다른 장수였다면 이렇게 급박한 상황에서 병력을 저처럼 냉정히 통솔하지 못했을 것이다. 오직 정기룡이기에 가능했다.

"1연대와 5연대, 6연대의 모습도 보이느냐?"

눈이 좋은 부관은 이사춘의 질문에 고개를 저었다.

"보이질 않습니다. 아마 다른 방향으로 퇴각하는 거 같습니다."

부관의 말대로 제일 후미에 있던 2연대가 꼬리에 불이 붙은 송아지처럼 서쪽으로 내빼는 사이, 1연대와 5연대, 6연대는 용조 매설지역 앞에서 사방으로 퍼져 뿔뿔이 도망쳤다.

마에다 도시이에는 추격을 명하는 대신, 눈앞에 있는 2연대와의 거리를 더 좁히라 명했다. 그리곤 조총을 발사하였다.

2연대 후방을 지키던 5대대 병사들이 비명을 지르며 쓰러졌다.

조선군의 시체를 밟으며 맹렬히 전진하던 마에다군은 잡힐 듯 잡히지 않는 2연대에 약이 올라 이미 제정신이 아니었다.

한데 하늘이 마에다군을 돕는지 2연대의 속도가 눈에 띄게 떨어졌다. 마에다 도시이에는 신중한 사람이었다. 이유 없는 행운이란 없다는 주의였다. 마에다 도시이에는 탐스러운 먹잇감이 눈앞에 있음에도 군대의 추격 속도를 늦추었다.

그리곤 바로 무슨 일인지 알아보았다.

얼마 지나지 않아 2연대의 속도가 늦춰진 이유가 밝혀졌다.

2연대가 논바닥의 특정한 장소만 골라서 퇴각 중이라는 보고였다. 마에다 도시이에는 출병 전에 들은 조선군의 화기에 대한 기억을 떠올렸다. 그 중 용조가 그의 마음을 흔들었다.

용조는 지뢰였다.

저 앞에 대규모의 지뢰지대가 펼쳐져있는 게 틀림없어 보였다.

소스라치게 놀란 마에다 도시이에는 안장에서 벌떡 일어났다.

좀처럼 놀라는 모습을 보이지 않던 그여서 모두 깜짝 놀랐다.

외모는 이웃집 영감처럼 보이지만 그 역시 전국시대를 주름잡은 효웅이었다. 생존본능이 보통 사람들과는 다른 것이다.

"후퇴하라!"

군선을 허공에 휘두른 마에다 도시이에는 바로 후퇴를
명했다.

눈앞에 있는 먹잇감은 분명 탐스러웠다.

그러나 지옥 속으로 들어갈 만큼 탐스럽지는 않았다.

마에다군은 후방부터 점차 속도를 줄여나가기 시작했
다.

그러나 마에다군의 숫자는 무려 2만에 달했다.

속도를 위해 치중물자를 실은 보급부대는 선암사에 그
대로 남았지만 어쨌든 2만이라는 병력은 호령 한 번에 멈
춰 설 규모가 절대 아니었다. 기차가 급정거를 위해 몇 킬
로미터가 필요하듯 마에다군 역시 속도를 늦출 공간이 필
요했다.

마에다 도시이에의 명령은 가신단을 지휘하는 중신에
게, 그리고 중신은 다시 지위가 낮은 가신에게 그의 명을
전달했다.

마지막으로 지위가 낮은 가신이 아시가루에게 마에다
도시이에의 명을 전했을 무렵, 그들은 이미 쥐덫에 들어와
있었다.

처음엔 도망치는 2연대를 추격하며 2연대가 지나간 길
만 따라 움직였다. 그러나 뒤만 쫓아선 공을 세울 수가 없
었다.

마에다 도시이에의 명령이 마에다군 선봉에 이르기 직전, 공에 눈이 먼 사무라이 하나가 자신이 지휘하는 아시가루 수십과 함께 왼쪽으로 튀어나와 속도를 높이기 시작했다.

왼쪽에서 속도를 더 높여 달려가면 2연대 중군을 칠 수 있을 거라 생각한 게 분명했다. 중군을 치는데 성공한다면 2연대의 허리를 끊어버릴 수가 있으니 큰 공을 세우는 셈이었다.

막 속도를 높이려는 순간.

바닥을 힘차게 내딛던 사무라이는 무언가 이상한 느낌을 받았다. 그들이 달리는 길은 마른 논바닥이었다. 작년 가을 추수한 이래로, 물을 대지 않아 거미줄처럼 갈라져있었다.

그래서 지금까지 발이 빠진 적이 없었다.

한데 지금은 무언가 달랐다.

발을 바닥에 딛는 순간, 발밑에서 뚝하고 뭐가 부러지는 듯한 느낌이 들었다. 사무라이의 고개가 자연스럽게 밑으로 내려갔다. 그리고 그와 동시에 발밑에서 흙이 솟아올라왔다.

사무라이의 머릿속에 붉은 경고등이 들어왔다.

재빨리 몸을 틀어 벗어날 생각을 하였다.

그러나 뇌의 화학작용보다 사람의 신체가 빠를 수는 없었다.

뇌가 내린 지시를 몸이 수행하기 전에 흙이 사방으로 비산함과 동시에 붉은 화염과 가스가 치솟아 용조를 밟은 사무라이의 왼쪽 다리를 허벅지 째 잘라버렸다. 그리곤 엄청난 굉음과 함께 폭발해 사무라이의 나머지 신체를 찢어발겼다.

사무라이를 따라가던 왜군은 급히 몸을 피했다.

그러나 용조의 폭발반경에 들어있던 자들은 피하지를 못했다.

그들이 몸을 날리기 전에 이미 용조 안에서 튀어나온 쇠구슬이 몸 곳곳에 작은 구멍을 뚫었다. 10여 명이 뜨거운 기름 솥에 뛰어든 사람처럼 허우적거리다가 동시에 쓰러졌다.

이런 상황 하에서 이성(理性)은 소용이 없었다.

본능, 그 중에서 생존본능이 이성의 존재를 하찮게 만들었다.

왼쪽에서 용조가 터지는 모습을 본 마에다군은 본능에 의해 오른쪽으로 달려갔다. 위험한 곳에서 최대한 빨리 벗어나려는 본능이었다. 선봉 수백 명이 2연대 추격을 포기했다.

그리곤 길에서 나와 오른쪽으로 뛰어갔다. 그러나 몇 걸음 가기 전에 누가 밟았는지는 모르지만 용조가 다시 폭발했다.

근처에 있는 왜군 수십 명이 폭발에 휘말렸다.

거리가 가까운 사람은 즉사했다. 그리고 멀리 있던 사람은 용조가 쏟아낸 쇠구슬에 당해 피와 비명을 동시에 쏟아냈다.

왜군이 지금 선택할 수 있는 가장 좋은 방법은 점점 멀어지는 2연대를 추격하는 방법이었다. 2연대가 밟은 곳에는 용조가 없었으니 계속 추격하는 방법이야말로 가장 좋았다.

그러나 지금은 이성보다 본능이 앞섰다.

오른쪽에서 용조가 폭발하는 모습을 본 왜군은 다시 왼쪽으로 방향을 틀었다. 그러나 다시 얼마가지 않아 용조가 폭발하며 근처에 있던 왜군이 바닥을 나뒹굴었다. 그때, 마에다 도시이에가 전 군에 내린 명이 마침내 선봉부대에 도착했다.

마에다군 선봉부대는 즉시 그 자리에 멈췄다.

그것을 보면 평소에 부하들이 얼마나 마에다 도시이에에게 충성하는지 알 수 있었다. 그곳이 아무리 위험한 곳이라도 마에다 도시이에가 멈추라 명하니 움직이는 자가 없었다.

한편, 마에다 도시이에는 속도가 느려짐에도 불구하고 2연대가 한 길만 이용해 도망치던 이유를 그제야 깨달은 차였다.

길 좌우에 용조가 매설되어 있었던 것이다.

용조를 얼마나 넓게 매설해 놓았는지 몰랐지만 2연대가 지나간 길 외에는 전부 용조가 있다고 생각하는 게 맞을 것이다.

마에다 도시이에는 쉽게 결단을 내리지 못했다.

그에게는 두 가지 선택지가 있었다.

하나는 도망치는 2연대를 추격하는 선택이었다.

2연대를 추격하면 용조에 당하지 않을 가능성이 높았다.

조선군이 아무리 냉정해도 아군에게 용조를 쓰지는 않을 거 같았다. 그러나 그게 매복 작전일 수 있다는 게 문제였다.

2연대를 추격하다가 다시 매복 작전에 걸린다면 큰일이었다.

그가 선택할 수 있는 두 번째 방법은 이대로 돌아서 도망치는 것이었다. 왔던 길을 그대로 되짚어 돌아나가는 것이다.

마에다 도시이에는 가토 기요마사처럼 무모하지 않았다.

얼마 후, 가신단을 통해 명을 내렸다.

"이대로 돌아서서 이곳을 빠져나간다!"

마에다군은 그대로 회군해 쥐덫을 빠져나가려하였다.

처음에는 선봉이 서쪽에 있었는데 이번에는 반대로 동쪽에 있는 후군이 군의 선봉을 맡았다. 그러나 선봉은 항상 정예나, 정예에 준하는 병력이 맡는 반면에 후군은 예비부대로 늙거나, 병이 든 병력이 주로 맡는다는 차이가 있었다.

그러다보니 자연히 속도가 느려 굼벵이처럼 쥐덫을 빠져나갔다. 사무라이들이 뒤에서 아무리 재촉해도 속도는 빨라지지 않았다. 그렇다고 그들 사이에 길을 만들어 빠져나갈 수도 없었다. 워낙 좁아 길을 새로 만드는 것이 불가능했다.

또, 그들을 우회하자니 좌우에 용조가 있을 확률이 아주 높아 그 방법은 처음부터 계획에 없었다. 지루한 퇴각작전이었다.

체력이 떨어진 노병이 막 쥐덫을 빠져나가려는 순간.

탕탕탕!

용아의 총성이 메아리처럼 연속해 울렸다.

그리고 그 첫 총성이 끝나기 전에 노병들이 바닥을 굴렀다.

얄팍한 갑옷으로는 선조방식을 사용하는 용아의 탄환을 막아내지 못했다. 가슴과 머리, 팔다리에 붉은 선혈이 번져갔다.

퇴각은 용아의 총성이 들리는 순간, 중단을 면치 못했다.

왜군은 못이 박힌 듯 그 자리에 멈췄다.

겁이 나서 빠져나갈 생각을 아무도 못했다.

퇴각을 지휘하던 가신 하나가 병사들 틈으로 말을 몰아 앞으로 달려갔다. 얼마 가지 않아 쥐덫 입구의 상황이 드러났다.

쥐덫 입구에서 나오는 쥐들을 사냥하려는 듯 조선군 2천여 명이 4열 횡대로 서서 그들을 향해 용아를 쏘는 중이었다.

쥐덫 입구가 닫혔으니 이젠 그야말로 독 안에 든 쥐 신세였다.

가신이 주춤거리며 물러서는 노병의 등에 왜도를 휘둘렀다.

등뼈가 갈라진 노병이 팔을 허우적거리며 쓰러졌다.

가신은 피가 뚝뚝 흐르는 왜도를 허공에 휘두르며 소리쳤다.

"조총을 쏴라!"

그 즉시, 조총부대 소속 왜군이 앞으로 나와 조총을 발사했다.

그러나 조선군과의 거리는 100미터가 훌쩍 넘었다.

조총의 유효사거리가 50미터이니 100미터밖에 있는 적을 조준해 쓰러트리는 것은 처음부터 불가능했다. 그저 눈먼 탄환이 운 좋게 날아가 쓰러트리길 기대해야하는 상황이었다.

쥐덫 입구를 차단한 조선군 부대는 근위사단 1연대였
다.

1연대는 5연대와 함께 남서쪽으로 퇴각하다가 먼저 탈
출했다.

마에다군이 2연대의 꽁무니에 따라붙는 바람에 1연대는
별다른 방해 없이 전장을 이탈하는데 성공했다. 그러나 1
연대는 본대가 있는 산기슭으로 복귀하지 않았다. 애초에
1연대는 다시 뒤로 돌아가 쥐덫 입구 차단하는 임무를 맡
았다.

1연대장 황진은 물밀 듯 밀려오는 마에다군 2만을 바라
보았다.

숫자가 꽤 줄긴 했지만 여전히 엄청난 대군이었다. 말이
2만이지 그야말로 콩나물시루에 웃자란 콩나물을 보는 기
분이었다. 황진은 담이 큰 사람이지만 초조한 감정을 숨기
지 못했다. 저 2만 대군이 죽자 살자 달려들면 2천으로 줄
어든 1연대가 얼마나 버틸지 장담하기가 아주 어려운 상황
이었다.

황진은 도움을 주기로 한 5연대를 기다렸다.

그러나 5연대는 남서쪽으로 많이 내려갔는지 보이지를
않았다.

주먹을 꽉 쥔 황진은 부하들이 들을 수 있게 큰 소리로

외쳤다.

"우리는 어떻게든 여기를 사수한다!"

그 말은 곧 여기가 그들의 무덤이라는 뜻이었다.

전멸하는 있어도 퇴각은 없다는 말이니 마음을 굳게 먹었다.

4열 횡대로 도열한 1연대는 돌아가며 용아를 발사했다.

1열이 발사하면 2열이, 2열이 발사하면 3열이, 3열이 발사하면 4열이, 그리고 4열이 발사하면 1열이 다시 사격했다.

용아의 장전시간은 조총에 비할 바 아니었다. 그래서 완벽한 연속 사격이 가능했다. 말 그대로 화력이 비는 시간이 거의 없었다. 화력이 끊어지는 틈이 생기면 적에게 돌파할 시간적 여유를 준다. 그러나 이렇게 하면 그 틈이 사라졌다.

왜군은 불을 본 불나방처럼 1연대 앞으로 달려들었다.

초가을 수천, 수만 마리의 벌레가 환한 빛을 내는 횃불을 향해 모여들었다가 그 뜨거움을 견디지 못하는 바람에 날개가 타서 바닥에 떨어지는 모양과 거의 다를 바 없어보였다.

여기에 이카로스와 태양의 고사를 비유하는 것은 옳지 않았다.

이카로스는 지금 상황에 비하면 우아한 죽음이었다.

마에다군 2만은 그저 본능에 의해 움직였다.

총소리가 쉼 없이 울릴 때마다 왜군은 처참한 형상으로 쓰러졌다. 용아의 총신이 너무 과열되어 고장이 날 지경이었다.

왜군은 물밀 듯이 접근해와 조총 사거리 안에서 조총을 쏘았다.

그 조총의 탄환에 1연대 병력이 쓰러졌다.

그러나 미봉책에 불과했다.

쓰러진 1연대 병사들은 곧 뒤로 옮겨졌다. 그리고 그 자리에 새로운 병력이 들어와 사격했다. 그야말로 각개격파였다.

2만 대 2천.

전자가 질 수 없는 싸움이었다.

한데 그 전자에게는 여러 가지 제약이 있었다.

우선 수의 이점을 살리기 위한 공간이 절대적으로 부족했다.

2만의 숫자를 살리기 위해 포위공격하려해도 양쪽에 용조매설지역이 있어 넓게 벌릴 수가 없었다. 넓게 벌리다간 1연대의 용아가 아니라, 용조에 온몸이 찢어져 죽을 판이었다.

두 번째 제약은 사거리였다.

왜군이 사용하는 조총과 활은 유효사거리가 1연대의 용아보다 훨씬 작았다. 그야말로 어른과 어린아이의 싸움이었다.

어른의 팔은 아이의 얼굴에 닿지만 아이가 힘껏 내뻗은 팔은 어른의 얼굴에 닿지 않는다. 일방적으로 당하는 수순이었다.

이대론 승산이 전혀 없었다.

1연대의 물샐틈없는 포위를 향해 달려드는 것은 자살과 같은 행위였다. 마에다군은 곧 활로를 찾아 모험을 걸기 시작했다. 안전한 길에서 빠져나와 용조매설지대로 들어간 것이다.

용조는 1회용이었다.

폭발하면 그걸로 끝이었다.

그리고 그 말은 이제 그 주변은 안전하다는 뜻이었다.

왜군은 용조매설지대에 들어가 미친 듯이 사방으로 달려갔다.

펑펑펑!

용조가 폭발하며 달려가던 왜군을 공중으로 띄워 올렸다. 운이 좋은 사람은 10여 미터를 달려가 쓰러졌다. 그리고 운이 나쁜 사람은 불과 두세 걸음을 걷기 전에 온몸이 찢겼다.

왜군은 동료의 죽음을 슬퍼하지 않았다.

오히려 기뻐했다.

동료가 죽은 자리는 이제 안전한 것이다.

왜군은 징검다리를 건너듯 몸을 날려 이동했다.

마치 커다란 메뚜기가 벼 사이를 날아다니는 거 같았다.

마에다 도시이에는 머리가 터질 것 같았다.

아무리 잘 훈련된 부대라도 이런 상황에선 통제가 쉽지 않았다.

그렇다고 병사들을 마냥 비난할 순 없었다.

그들은 지금 지옥 가장 깊숙한 곳에 들어와 있었다.

사방이 지옥이어서 활로가 보이지 않았다.

마에다 도시이에는 자신의 실책을 뼈저리게 통감했다.

포병대만 없애면 조선군은 자신들의 상대가 아닐 줄 알았다.

한데 그게 아니었다.

조선에는 포병 못지않은 화약무기들이 있었다.

지금 그들이 꼼짝 못하는 용조 역시 그 중 하나였다.

포병연대를 없앴다는 생각에 너무 깊이 들어온 게 문제였다.

한평생 수많은 전투를 치렀지만 이런 적은 처음이었다.

손발이 다 잘려나가 속수무책(束手無策)이었다.

속수무책이란 단어 자체가 손이 묶여있어 방법이 없다는 말이었으니 지금 마에다 도시이에의 심정과 일치하는 것이다.

그는 절망했지만 가신들은 아니었다.

가신들은 2만의 병사가 몰살하더라도 영주만 살아남으면 가문을 다시 재건할 수 있다고 믿는 듯했다. 일정부분은 그들의 말이 맞았다. 살아서 돌아갈 수만 있다면, 2만 병력이야 몇 년 고생하지 않아 다시 끌어 모을 수 있는 숫자였다.

백성들은 열악한 상황에 처해서도 남녀가 만나 자식을 낳았다. 그리고 그 자식들은 커서 마에다군의 병사로 성장했다.

가신들은 마에다 도시이에를 살리기 위해 백방으로 노력했다.

1연대가 틀어막은 쥐덫 입구를 향해 맹렬한 공격을 가했다.

1연대만 뚫어내면 방법이 있었다. 뒤에 남아 포병대를 정리 중인 가토군과 합류한다면 선암사로 퇴각하는 게 가능했다.

그러나 실패였다.

정예만 다시 잃었을 뿐이었다.

가신들은 방법을 바꿨다.

입구가 막혔다면 출구가 있었다.

물론, 출구에 더 많은 적이 있을 가능성은 여전히 존재했다.

그러나 반대로 운이 아주 좋다면 더 적을 가능성 역시 있었다.

적의 주력부대가 출구 근처에 있다면 당연히 그건 재앙이었다.

그러나 적이 입구를 막는데 집중해 출구에는 병력을 많이 배치하지 못했을 가능성 또한 있었다. 오히려 운이 좋다면 출구를 막은 병력을 돌파해 조선군 본대를 공격할 수도 있었다. 그리고 더 운이 좋아 이혼이나, 권율 등을 사로잡거나, 죽일 수만 있다면 승패는 오리무중으로 변하는 것이다.

전쟁은 어느 정도 장기와 같았다.

장기판의 졸들은 죽어나가도 왕을 잡으면 이겼다.

전쟁 역시 병사들은 얼마가 죽어나가든 상관없었다.

왕을 잡으면 이기는 것이다.

마에다군의 정예 가신들은 자식과 형제들을 앞세운 채 출구로 달려갔다. 이미 옥쇄할 각오를 하였기에 비장함이 감돌았다. 여기서 마에다 도시이에를 잃는다면 가신단은 죽어서도 눈을 감지 못할 것이다. 가신은 주군을 위해 존재한다.

2연대가 만들어놓은 발자국을 따라 전진하던 결사대는 출구 끝에 이르는 순간, 참지 못하고 긴 한숨을 토해내었다. 그들 앞에 전열을 정비한 2연대가 이미 사격진형을 갖추고 있었다. 급히 말머리를 돌렸지만 사격을 피하지는 못했다.

용아의 사거리는 그들의 체감하는 것보다 훨씬 더 길었다. 그들은 조총의 사거리에 익숙해져있었다. 70미터에서 80미터까지가 한계였고 그 거리보다 길면 더 이상 치명적인 무기가 아니었다. 한데 용아는 유효사거리가 100미터를 넘었다.

그들이 아차 싶어 급히 기수를 돌리는 순간.

빗발치듯 날아온 용아의 탄환이 말과 사람 몸에 파고들었다.

그냥 탄환이 아니라, 할로포인트탄환이었다.

맞는 순간, 납으로 만든 탄자가 부풀어 올라 상처를 헤집었다.

결사대는 비장함만 남긴 채 전멸했다.

이 소식을 전해들은 마에다가문의 가신들은 마지막 방법을 쓰기로 하였다. 부하들이 목숨을 희생해 만든 활로로 마에다 도시이에를 도피시키기로 한 것이다. 방법은 무식했다.

아니, 잔인했다.

병사들을 몰아붙여 용조매설지역에 길을 뚫게 하였다.

거부하는 병사는 가차 없이 목을 베었다.

같은 한 사람의 목숨이지만 병사의 가치는 영주보다 떨어졌다.

펑펑!

용조가 폭발할 때마다 병사들이 갈가리 찢겨 날아갔다.

회색이던 마른 논바닥은 이내 검붉은 빛으로 물들었다.

피와 살점이 태풍을 맞아 떨어진 붉은 동백꽃잎처럼 흩날렸다.

일부는 영주에게 충성을 바치기 위해, 그리고 일부는 마에다가문 가신들의 압력에 굴복하여 죽음의 길로 몸을 던졌다.

병사들이 몸을 던질 때마다 흙비가 비산하며 길이 생겨났다.

1미터를 가기 위해 몇 명이 희생당했다.

그렇게 해서 결국 용조매설지역 끝에 이르렀다.

겁을 먹은 표정으로 발을 내딛던 병사들은 용조가 더 이상 폭발하지 않자 그제야 그들이 살아남았다는 것을 체감했다.

병사들의 희생으로 안전한 길을 확보한 마에다가문의 가신들은 마에다 도시이에를 그곳으로 안내했다. 마에다 도시이에는 착잡한 표정으로 말을 몰았다. 얕게 파진 구덩이 주변에 찢겨나간 팔과 다리, 그리고 배에서 빠져나온 내장들이 어지럽게 널려있었다. 그리고 붉은 피 역시 흥건했다.

용조매설지역에는 매캐한 화약 냄새와 부식된 구리에서 나는 냄새가 합쳐져 끔찍한 냄새로 가득했다. 사람의 피는 냄새가 별로 강하지 않았다. 그러나 엄청난 양의 피가 뿌려져있으면 부식된 구리에서 나는 냄새와 비슷한 냄새가 풍겼다.

죽음의 냄새.

얼마나 많은 사람이 죽어야 그런 냄새가 나는지 알지 못했다.

마에다 도시이에는 허탈한 마음이 들었다.

친구이자 주군인 도요토미 히데요시는 정말 조선을 정복해 명나라를 칠 생각으로 그들을 이런 지옥에 밀어 넣은 것일까.

아니면 단순한 오기인가.

임진년의 패배를 좀처럼 받아들일 수가 없었던 것일까.

광증으로 물든 도요토미 히데요시의 말년을 생각하니 안타깝다는 생각이 들었다. 젊었을 적에는 재기가 넘치던 사람이었다. 그래서 그 괴팍한 오다 노부나가의 총애를 한 몸에 받은 적도 있었다. 더욱이 도요토미 히데요시는 천것이었다.

도요토미 히데요시는 가문의 후광 없이 자기 능력으로 그 자리에 오른 것이다. 봉건제가 지배하는 왜국에서는 말 그대로 기적과 같은 일로 천것에서 시작해 정점에 오른 셈이었다.

그러나 그런 도요토미 히데요시는 말년에 자신의 명성에 커다란 먹칠을 하였다. 자기 씨인지도 불분명한 아들이 태어났다고 후계자이던 조카 도요토미 히데츠구를 할복시켰다. 단순히 할복시킨 데서 끝난 게 아니라, 도요토미 히데츠구의 처첩과 어린 자식들까지 사람들이 보는데서 목을 베었다.

마에다 도시이에는 고개를 저었다.

이번 전쟁은 패했다.

임진년에 이어 정유년에도 대패했다.

이 소식을 도요토미 히데요시가 전해 들었다면 어떤 표정을 지을까? 발광을 하며 죽어간 영주들과 병사들을 꾸짖을까?

아니면 한탄을 할까?

마에다 도시이에는 부하들의 처참한 시신에서 눈길을 돌렸다.

부하들의 희생으로 만든 활로의 끝이 보였다.

이젠 지긋지긋한 포위망에서 벗어나는 일만 남았다.

아니, 그런 줄 알았다.

한데 용조매설지역은 끝났지만 위기를 벗어난 것은 아니었다.

마에다 도시이에를 도피시키기 위해 길을 열던 부대 하나가 갑자기 터져나갔다. 문자 그대로 갑자기 폭발해 흩어졌다.

용염이었다.

조선군 공병대가 설치한 용염이 폭발하며 일대를 쓸어버렸다.

용염은 그 한 발로 끝나지 않았다.

이제 보니 용조가 없어 안심했던 그 자리에 용염이 가득했다.

사방에서 치익하는 소리가 들렸다.

도화선이 타는 소리였다.

매캐한 화약 냄새는 지금까지 맡아보았던 냄새 중에 가장 강렬했다. 머리가 지끈거릴 지경이었다. 마에다 도시이에의 눈에 노란 불꽃을 내며 연기를 피워 올리는 도화선이 보였다.

노란 뱀처럼 보였다.

노란 뱀 수십 마리가 사방에서 그를 향해 다가왔다.

이젠 모든 사람이 노란 뱀의 정체를 알았다.

노란 뱀은 용염의 도화선이었다.

그 도화선이 다 타들어가는 순간, 이곳은 지옥으로 변할 것이다.

사람들의 반응은 제각각이었다.

겁에 질려 돌아서는 자.

현실을 부정하려는 듯 고개를 세차게 젓는 자.

눈을 내리 깐 채 불경구절을 조용히 암송하는 자.

포기한 듯 지친 다리를 늘어트린 채 주저앉는 자.

마에다 도시이에는 그런 자들과 달랐다.

그는 가가에 120만석을 가진 대영주였다.

역사에 겁쟁이로 기록되고 싶지 않았다.

죽을 때도 명성에 맞게 죽었다는 말을 듣고 싶었다.

마에다 도시이에는 눈을 부릅뜬 채 정면을 노려보았다.

초여름에 접어든 조선의 푸른 강토가 눈에 들어왔다.

"와라!"

괴성을 지른 마에다 도시이에는 고삐를 놓았다.

그리곤 마치 허공을 치려는 듯 손을 뻗었다.

그 순간, 목적지를 찾은 노란 뱀 수십 마리가 동시에 사라졌다.

그 다음에는 화염과 섬광, 굉음이 동시에 터져 나왔다.

흙과 돌, 그리고 사람에게서 떨어져 나온 파편들이 수십 미터까지 솟구쳐 올랐다가 다시 수백 미터거리까지 퍼져 나갔다.

광풍이 불었다.

용염은 마치 중첩하듯 폭발했다.

각도를 계산해 설치한 용염은 사각을 남겨두지 않았다.

용염의 폭발은 바닥에 매설되어 있는 용조를 같이 터트렸다.

화염의 폭풍이 얕게 묻혀 있던 용조의 신관을 같이 건드렸다.

폭음은 끊이지 않았다.

진저리가 일 때까지 계속 들려왔다.

간신히 살아남은 왜군은 몸을 돌려 남쪽으로 도망쳤다.

그러나 남쪽 역시 마찬가지였다.

공병대 폭파병이 터트린 용염과 함께 용조가 동시다발적으로 터지며 쥐덫 일대 전체를 화염의 폭풍 속에 몰아넣었다.

마에다 도시이에와 그를 보필하던 가신 수십 명은 시체조차 찾기 어려운 상태였다. 누가 누군지 알아보기가 힘들었다.

그래도 폭발 속에서 살아남은 마에다군은 1만이 넘었다.

그러나 지시를 내려야할 지휘관이 몽땅 사라져버린 상황에서 그들이 할 일은 그다지 많지 않았다. 저항하거나, 아니면 항복하는 거였다. 공병대 폭파병은 남아있는 용조를 죽폭으로 터트리며 길을 열었다. 그리고 그 길로 1연대, 2연대, 5연대, 6연대 등 네 개 연대 병력이 총을 쏘며 돌격했다.

마에다군의 처절한 최후였다.

5장. 왜군 4번대

5장. 왜군 4번대

마에다군은 최후의 저항을 해왔다.

불이 붙은 섶으로 뛰어드는 불나방과 다름없었다.

그들이 지르는 비명과 고함, 욕설이 백양산 앞을 뒤흔들었다.

그리고 그들이 흘리는 피는 마른 논바닥에 붉은 내를 이뤘다.

조선군도 나름 고충이 있었다.

용아의 총신이 터진 사수가 얼굴에 피를 흘리며 비명을 질렀다.

지급받은 탄환을 다 사용한 병사는 뒤로 급히 뛰어갔다.

탄약병에게 새 탄환을 지급받기 위해서였다.

죽폭 역시 다 떨어져 더 이상 사용할 무기가 없었다.

몇 년 동안 준비한 무기들이 게 눈 감추듯 사라졌다.

조선군은 용아를 쏘며 조준한 적이 맞았는지 확인하지 않았다.

그럴 필요가 없었다.

마치 포식자에 쫓기는 정어리 떼처럼 왜군은 한데 뭉쳐 있었다.

일방적인 전투였다.

아니, 학살이었다.

오히려 조선군이 먼저 정신적으로, 그리고 육체적으로 지칠 지경이었다. 왜군은 때 이른 태풍에 휩쓸린 벼처럼 쓰러졌다. 앞으로 쓰러지고 뒤로 넘어갔다. 피가 비처럼 내렸다.

왜군 역시 항복할 기회를 보는 게 분명했다.

그러나 선뜻 나서는 이가 없었다.

누가 가장 겁쟁이인지, 누가 가장 현실적인 사람인지를 가리는 경연장이었다. 누구도 그게 자신이고 싶지 않았던 것이다.

1만이던 잔병은 금세 6, 7천으로 줄어들었다.

그리고 5천에서 다시 4천으로 줄었다.

그때, 마침내 사무라이로 보이는 자가 손에 쥔 단창을

던졌다.

그게 신호였다.

기다리던 왜군은 너나할 거 없이 손에 쥔 무기를 바닥에 던졌다. 그리곤 항복할 의사를 보여주기 위해 빈손을 들었다.

조선군이 착각할 게 두려워 손을 있는 대로 높이 들어올렸다.

다행히 조선군은 바로 알아보았다.

조선군 역시 더 이상의 살육은 원치 않았다.

산기슭에서 이를 지켜보던 이혼은 흐르는 땀을 수건으로 닦았다. 병사들처럼 땀에 전 소매를 이용할 필요는 없었다.

그는 임금이었다.

적어도 한반도 안에서는 만인지상의 존재였다.

땀에 전 수건은 조내관이 받아 들어서 다른 내관에게 건넸다.

그 내관은 수건을 근처 냇가에 가져가 깨끗이 빨아올 것이다. 그리고 수건에 찬물을 적셔 가져올 것이다. 이혼은 조내관이 다시 건넨 젖은 수건으로 몸에 오르는 열기를 훔쳤다.

끔찍한 전장이었다.

수많은 전투를 치렀지만 지금처럼 끔찍하지는 않았다.

용조가 폭발하며 거의 뒤집어지다시피 한 논바닥에 왜군 수천 명이 누워있거나, 아니면 누운 채 날선 비명을 질렀다.

전장과 산기슭과의 거리는 1킬로미터에 가까웠다.

그러나 1킬로미터 밖에서도 처참한 전장의 냄새가 전해졌다.

코를 찌르는 화약 냄새, 피 냄새, 그리고 부패하기 시작한 시신에서 나는 냄새. 이 모든 냄새가 사방 몇 킬로미터를 잠식했다. 바람마저 불지 않아 머리가 지끈거릴 지경이었다.

이혼은 미간을 찌푸린 채 권율을 보았다.

"항복을 받아들이시오."

"포로들은 어찌 하시겠사옵니까?"

이혼은 바로 대답했다.

"감시할 병력이 부족하니 무장해제 시켜 뒤로 후송하시오. 헌병대로는 부족할 거요. 보병대대를 하나 붙여주도록 하시오."

"그리 하겠사옵니다."

대답한 권율은 도원수부 통신참모를 불러 이혼의 명을 예하부대에 전했다. 이혼은 무장해제당하는 왜군을 보다가 시선을 북동쪽으로 돌렸다. 북동쪽에는 다테 마사무네가 있었다..

독안룡(獨眼龍) 다테 마사무네.

눈 한 쪽이 없어 독안룡이라 불리는 사내였다.

그는 마에다 도시이에만큼이나 만만치 않은 상대였다.

그러나 이혼은 자신이 있었다.

그를 위해 특별히 준비해둔 선물이 있었던 것이다.

선물을 풀어보며 지을 표정은 절대 미소가 아니었지만.

지시를 내리고 돌아온 권율이 물었다.

"뒤에 있는 가토 기요마사는 어떻게 하시겠사옵니까?"

"연대 몇 개를 보내 수색해보시오. 그리고 새터에 있는 우에스기 카게카츠의 동향도 파악하시오. 지금은 상황을 파악하느라 정신없겠지만 후속공격을 해올지도 모르는 일이오."

권율은 바삐 움직이며 예하 부대를 움직였다.

휴식을 취한 5연대와 6연대를 동쪽으로 보내 가토 기요마사를 추격했다. 그리고 1연대와 2연대는 그 동안 전열을 정비하며 우에스기 카게카츠의 후속공격에 대비하도록 하였다.

이혼의 생각에는 후속공격은 없었다.

그러나 생각대로만 된다면 세상에 골치 아픈 일은 없을 것이다.

가장 좋은 대응은 최악을 가정해 세우는 대응이었다.

이혼은 최악을 대비하기 위해 단단한 방어진을 구축하였다.

동쪽의 일을 마무리 지은 이혼의 시선이 북동쪽으로 돌아갔다.

이제 곧 다테 마사무네가 선물을 열어볼 것이다.

***

전투에는 두 가지 종류가 있었다.

하나는 정규전, 하나는 비정규전이었다.

정규전은 말 그대로 두 개 군대가 정면으로 맞붙는 전투였다.

반면, 비정규전은 군대와 군대가 맞붙는 전투가 아니라, 소규모로 이루어진 특수부대가 적 후방 깊숙한 곳에 잠입해 암살, 파괴, 납치 등의 비정규작전을 수행하는 전투를 뜻했다.

비정규전을 수행하는 특수부대는 예전에도 존재했다. 그러나 이는 정예부대 병사들이 비정규전임무를 따로 맡았을 뿐이지, 비정규전 임무를 위해 창설한 부대는 아직까지 없었다.

심지어 특수부대란 개념이 처음 등장한 계기가 2차 세계대전 와중인 1941년, 영국이 창설한 SAS였으므로 지금이야 더 말할 나위 없었다. 당연히 특수부대의 작전방법이나, 훈련방법, 또는 필요한 무기 등에 대한 정보가 전혀 없었다.

이혼은 정규전만큼이나, 비정규전이 중요해질 거라는 생각에 특수부대의 설립을 서둘렀다. 먼저 특수부대 대원들을 가르칠 교관으로 조선팔도에 있는 유명한 무인들을 소집했다.

전쟁 중에 어명을 거역할 만큼 간이 큰 자들은 없어 수월했다.

그렇게 해서 한반도 고유무예 전승자부터, 중국, 왜국의 무예를 받아들여 발전시킨 전승자들까지 한자리에 모두 집결했다.

이혼은 그들에게 어명을 내렸다.

"군인이 사용할 수 있는 무예를 만드시오."

군인이 사용하는 무예에는 몇 가지 조건이 있었다.

우선 간단할 것.

군인이 무예를 배우는 목적은 빠른 시간 안에 적을 효과적으로 제압하는데 있었다. 화려한 동작은 전혀 필요가 없었다.

두 번째, 실전에 적합할 것.

군인이 무예를 사용할 때는 적과 맞서야할 때였다.

그럴 때 실전에 통하지 않는 무예를 배워 싸운다면 소용이 없었다. 그리고 군인은 그 대가로 목숨을 내줘야할 것이다.

이는 이혼이 원하지 않는 결과였다.

세 번째, 쉽게 배울 수 있을 것.

기술은 오래 익힐수록 능숙해지기 마련이었다.

처음 해보는 것과 두 번 해보는 것에는 엄청난 차이가 있었다.

그러나 무예를 배우기 위해 몇 년이 필요하다면 군대에서 가르치는 무예로는 부적합했다. 군인이 몇 달 안에 그 무예를 완벽히 익혀 실전에 응용할 수 있을 정도로 쉬워야 했다.

전승자들은 합심하여 특수부대에게 가르칠 무예를 만들어냈다.

이혼이 원한대로 즉각적이며 쉽고 강력한 무예였다.

이혼은 그 무예에 특공무술(特攻武術)이라는 이름을 붙였다.

전승자 중 몇은 부대에 남겨 무예교관으로 삼았다.

다음은 왜국 닌자출신 항왜병을 불러들일 차례였다.

특수부대가 활약하려면 잠입기술이 필수였다.

그리고 닌자는 그런 잠입기술을 극도로 익힌 집단이어서 특수부대의 잠입기술 교관으로 삼기에는 더 없이 훌륭했다.

이혼은 일전에 웅태, 길전, 삼랑 등에게 큐슈에 가서 왜선을 불태우라는 지시를 내린 적이 있었다. 거기에는 특수

부대가 지금 상황에 통하는지 알아보려는 목적 역시 숨어
있었다.

다행히 웅태, 길전 등은 작전을 훌륭히 완수했다.

비록 그 와중에 삼랑 등 실력 좋은 항왜들을 여럿 잃기
는 했지만 그 덕분에 왜군의 재침략을 최대한 늦출 수가
있었다.

웅태와 길전 등이 큐슈에서 작전을 펼칠 때 그들을 도와
준 코이치란 닌자가 있었다. 국정원에 포섭당한 그는 웅전
과 길전이 작전을 수행할 수 있도록 현지에서 도움을 주었
다.

이혼은 작전을 마치고 귀국한 그들에게 후한 상을 내렸
다. 그리고 세 사람 중 가장 뛰어난 활약을 보인 코이치에
게는 광일이라는 이름과 한양 광씨 본관을 새로 만들어 하
사했다.

광일이란 새 이름을 받은 그는 가족 수십 명과 함께 조
선에 이주해 터를 잡았다. 그리고 광일 자신은 이혼이 만
든 특수부대 훈련소의 교관으로 부임해 자신이 가진 잠입
기술과 독을 사용하는 기술 등을 특수부대 대원들에게 전
수했다.

또, 큐슈에서의 작전상황을 일일이 기록해 특수부대의 훈
련교범으로 삼았다. 잘한 것은 잘한 것대로, 못한 것은 못한
것대로 기록해 장점은 키우고 단점은 제거하려 노력했다.

교관과 훈련교범을 완성한 이혼은 새로 만든 특수부대를 지휘할 장교를 찾았다. 병조판서 정탁과 도원수 권율, 통제사 이순신 등이 여러 장교를 천거했지만 이혼은 고개를 저었다. 그들이 천거한 장교는 정규전에 강점을 보이는 장교였다. 은밀함이 필요한 특수부대 작전엔 어울리지 않았다.

  그렇다고 얼마 전 귀화한 광일을 특수부대 대장으로 앉힐 순 없어 고민이 많았는데 그때 김덕령이 한 사람을 천거했다.

  바로 그와 함께 의병으로 봉기한 최담령(崔聃齡)이었다.

  이혼은 바로 최담령을 불러 살펴보았다.

  같이 봉기했던 김덕령이 실력을 인정받아 익위사에서 근위사단 6연대장으로 승진하는 동안, 최담령은 전라사단장 김시민 수하로 들어가 그곳에서 1연대 1대대장을 맡고 있었다.

  이혼의 호출을 받은 최담령은 얼떨떨한 모습이었다.

  언질이 없어 무엇 때문에 그를 불러들이는지 몰랐던 것이다.

  최담령은 체구가 작았다.

  이혼의 어깨 높이에 정수리가 간신히 오는 수준이었다.

  대신, 몸은 아주 날렵했다.

  일단, 외형은 마음에 들었다.

이혼이 국방과학연구소에 다닐 때 특수부대원용 개인무기를 연구한 적이 있었는데 그때 만났던 특수부대원들은 한국군에서 가장 뛰어난 요원들이었다. 그들은 진정한 프로였다.

한데 그들 모두 체구가 그렇게 크지 않았다. 대신, 순발력과 민첩성이 아주 뛰어났다. 그가 본 최담령이 바로 그러했다.

이혼은 최담령을 특수부대 대원을 양성 중이던 훈련소에 넣었다. 그리곤 며칠 동안 지켜보았다. 그 결과 최담령이야말로 이 일에 적격이라는 것을 깨달았다. 최담령은 무예가 뛰어났다. 특수부대 훈련소에 입소한 예비 대원들 모두 밖에서 한 가락 하는 자들이었으나 최담령을 당해내지 못했다.

최담령은 또 지모가 있었다.

무예보다 오히려 이 점이 더 마음에 들었다.

무예가 뛰어난 병사들은 많지만 지모가 뛰어난 병사는 적었다.

이혼은 광일 등 최담령을 가르친 교관들의 보고를 바탕으로 숙고한 연후에 그를 새로 창설한 별군(別軍) 대장에 임명했다. 별군은 이혼이 공을 들여 만든 특수임무부대였다. 총원은 100명에 불과하지만 개개인의 전투력은 일당백이었다.

별군은 창설초기부터 이혼의 신임과 지원을 듬뿍 받았다. 창설을 마친 후에는 보안을 위해 강원도의 어느 외진 산골에 별군 전용 훈련소를 다시 지었다. 그리고 그곳에서 정유재란이 일어나기 직전까지 교육과 훈련 등을 반복해 받았다.

별군 창설과 유지에는 막대한 비용이 들어갔다.

별군 대원들 역시 자신들에게 들어간 돈이 많다는 것을 알았다.

그래서 기회가 오길 기다리며 칼을 갈았다.

기회는 오래지 않아 바로 찾아왔다.

정유재란이 일어난 것이다.

이혼은 별군을 바로 투입하지 않았다.

보다 중요하고 보다 결정적일 때 투입할 생각이었다.

그리고 마침내 그 때가 도래했다.

백양산 결전에 앞서 조선군은 두 가지 걱정이 있었다.

하나는 허공으로 사라져버린 마에다 도시이에의 존재였다. 마에다 도시이에가 문제기보다는 그가 데려온 2만 대군이 문제였다. 다행히 그 문제는 바로 해결되었다. 강행정찰연대가 마에다군 2만이 선암사로 이동 중임을 알아낸 것이다.

그리하여 이젠 모든 신경을 두 번째 문제에 집중할 수 있었다.

두 번째 문제는 동천에 주둔한 다테 마사무네의 왜군 4번대였다. 주공은 선암사로 밝혔다. 그렇다면 조공은 4번대였다.

조공이기는 하지만 1만에 가까운 병력이었다.

쉽게 생각하다가는 오히려 조공에 깨질 판이다.

그리고 주공과 조공이 동시에 공격해온다면 전력은 반드시 분산될 수밖에 없었다. 그렇지 않아도 적은 병력으로 왜군의 대군을 막아내야 하는 조선군 입장에선 골치가 아팠다.

당연히 가장 신경써야할 공격은 선암사의 주공이었다.

선암사에는 마에다군 2만, 가토군 8천이 모여 있었다.

그리고 선암사 동쪽 새터에는 우에스기군 1만여 명이 있었다.

여차하면 새터에 있는 우에스기 카게카츠의 3번대 역시 선암사로 합류할 테니 예상병력은 3만8천에서 4만에 이르렀다.

근위사단 전체보다 많은 숫자였다.

이런 상황에서 이혼이 선택할 수 있는 전술은 하나밖에 없었다.

주공과 조공을 동시에 상대하는 것은 어려우니 주공을 먼저 상대하고 조공을 나중에 상대하는 것이었다. 즉, 주공을 먼저 격파한 후에 남은 여력으로 조공을 섬멸하는 계획이었다.

이를 위해선 주공과 조공의 공격시간에 차이를 만들어야했다.

왜군은 당연히 같은 시간에 공격하려들 테니 조선군이 인위적으로 이런 상황을 만들어야한다는 의미였다. 이혼은 조공의 진격을 늦추는 위험한 작전에 아껴둔 별군을 투입했다.

늦은 밤, 이혼과 도원수 권율이 있는 자리에서 작전설명을 들은 최담령은 바로 대원을 통솔해 백양산을 내려와 동천으로 향했다. 동천 주위에는 다테 마사무네가 내보낸 정찰부대가 거미줄처럼 곳곳에 산재해 흩어져 있었다. 그들은 동천의 다테군 본진을 중심으로 1킬로미터 안팎을 정찰했다.

그 1킬로미터 밖에는 비어있는 민가가 몇 집 있었다.

소개명령에 따라 집은 비운지 한 달 가까이 흐른 그 집은 벌써 사람이 살지 않는 티가 나기 시작했다. 부엌문에는 거미줄이 잔뜩 쳐져있고 마루에는 먼지가 수북이 내려앉았다.

최담령은 먼지 쌓인 마루에 앉아 지시를 내렸다.

"복장과 무기를 갖추고 다시 집합해라."

"예."

조용히 대답한 별군 대원들은 등에 짊어진 보따리를 풀어서 갈아입을 옷을 꺼냈다. 야간에 잘 보이지 않도록 시

커먼 물을 들인 군복이었다. 옷을 갈아입은 후에는 얼굴과
손등, 목 등 빛을 반사할 위험이 있는 부위에 검은 칠을 하
였다.

심지어 이에도 칠을 해 어둠에 완전히 녹아들었다.

복장 다음에는 무기차례였다.

죽폭과 용조, 용염, 그리고 개인화기로 사용하는 용아에
이어 근접전투나, 보초제거를 위해 사용하는 단검을 준비
했다.

복장과 무기를 갖춘 대원들이 최담령 앞에 하나둘 도열
했다.

이들은 모두 고도의 훈련을 받은 전문가였다.

병사들에게 하듯 잔소리하거나, 재촉할 필요가 전혀 없
었다.

놔두면 알아서 하였다.

모두 도착한 후 최담령은 지도를 꺼내 손가락으로 가리
켰다.

"이곳, 이곳, 이곳 세 방향을 동시에 친다."

대원들은 대답대신 바닥을 한 번 두드렸다.

제일 먼 곳을 맡은 3소대가 가장 먼저 출발했다.

그리고 그 뒤에 2소대가, 마지막에 1소대가 출발했다.

최담령은 1소대와 같이 움직였다.

고양이처럼 기척을 죽여 가며 전진하던 1소대는 다테군

의 감시 영역 안에 들어가는 순간, 전방 수색을 위해 두 명을 내보냈다. 그리곤 나머지 대원들은 1열종대로 걸음을 옮겼다.

1열종대로 움직이면 적이 그들의 숫자를 파악하기 어려웠다.

이 역시 닌자 출신인 광일이 가르쳐준 방법으로 표적을 작게 만들수록 침입자에게 유리한 점이 아주 많았다. 방어하는 쪽에서는 침입자의 정확한 숫자를 파악하기 힘든 것이다.

처음에는 어둠 속에서 한명이 움직이는 거처럼 보이지만 실제로는 10명에 가까운 적이 그 사람 뒤에 숨어있는 것이다.

앞을 수색하던 정찰대원이 주먹을 쥐어보였다.

최담령은 포복으로 접근해 수신호로 물었다.

정찰대원 역시 정해둔 수신호를 이용해 정찰한 정보를 전했다.

정찰대원의 말에 따르면 길목에 왜군 정찰대가 매복해 있었다.

매복 장소는 길이 내려다보이는 야트막한 언덕 위였으며 매복한 숫자는 총 넷으로 둘은 안쪽에 둘은 바깥쪽에 있었다.

길목만 감시하다가는 뒤에서 기척을 숨긴 채 접근한 자객에게 손 써볼 틈 없이 당하는 경우가 생겼다. 그래서 길목을 감시하는 인원 따로, 후방을 경계하는 인원을 따로 두었다.

현명한 방법이었다.

저격수가 관측수와 동행하는 이유는 안전을 위해서였다.

저격수는 스코프를 봐야 해서 스코프로 확인할 수 있는 전방 외에는 다른 곳을 보지 못했다. 그래서 관측수를 두어 저격을 돕는 한편, 적이 저격수를 공격하지 못하게 만들었다.

최담령은 바로 솜씨 좋은 대원 둘을 불렀다.

그리곤 수신호로 작전을 하달했다.

고개를 끄덕인 대원들은 허리춤에서 날을 날카롭게 갈아놓은 단검을 뽑아들었다. 단검은 그냥 평범한 단검이 아니라, 버선코처럼 끝이 살짝 올라와있는 특수부대용 단검이었다.

원래는 거울처럼 얼굴이 비칠 정도로 잘 닦아 보관했지만 지금은 오히려 방해가 되어 검은 재를 발라 칼 빛을 숨겼다.

칼날을 입에 문 대원들이 왜군 정찰대를 향해 접근했다.

당연히 후방 정면으로 접근하면 아무리 날이 어둡고 얼굴에 위장을 잘했어도 들킬 위험이 있었다. 그래서 후방을 감시하는 왜군 시야 조금 밖에서 고양이처럼 살금살금 접근했다.

사람의 눈은 물고기가 아니었다.

물고기의 눈은 밖으로 튀어나와 있어 뒤를 보는 게 가능했다. 그러나 사람이 볼 수 있는 시야각은 끽해야 180도였다.

사람은 360도 중 반에 가까운 방향을 보지 못했다.

대원들은 왜군 정찰병의 귀 뒤쪽을 보며 살금살금 전진했다.

시야에서 멀어졌다면 그 다음으로 위험한 것이 청각이었다. 오히려 밤에는 시각보다 청각이 더 뛰어난 감시수단이었다.

가장 위험한 것은 낙엽이었다.

바짝 말라있는 낙엽을 밟는 순간, 모든 게 끝이었다.

대원 두 명은 발밑과 표적의 위치를 동시에 살피며 전진했다.

그리곤 거리가 3미터로 좁혀지는 순간, 숨을 멈췄다.

조용한 밤에는 숨소리 역시 크게 들리는 법이었다.

더구나 긴장과 피곤이 뒤섞여 내는 거친 숨소리는 감시자에게 천둥소리보다 크게 들려 아예 숨을 멈춘 채 접근하였다.

3미터에서 2미터로 좁히는 데는 10초가 걸렸다.

그리고 2미터에서 1미터로 좁히는 데는 20초가 걸렸다.

그러나 1미터에서 제로영역까지 좁히는 데는 1초면 충분했다.

몸을 날린 대원들은 움직이지 못하게 왜군 정찰병의 등을 무릎으로 강하게 찍어 내렸다. 그리곤 왼손바닥을 정수리에, 오른손을 턱 바깥쪽에 팔을 감듯 감아서 한 번에 비틀었다.

툭!

목의 척수가 끊어지는 소리가 들렸다.

길목을 감시하던 왜군의 시선이 자연스럽게 뒤로 돌아갔다.

그러나 그들 역시 그게 끝이었다.

어둠 속에서 재빨리 휘두른 단검이 목을 왼쪽 귀 밑에서 오른쪽 귀 밑까지 단숨에 잘라냈다. 흰 뼈가 드러날 정도였다.

순식간에 왜군 정찰병을 해치운 대원들은 왜군이 감시하던 장소에 엎드려 신호를 보냈다. 기다리던 최담령은 부하를 통솔해 대원 두 명이 장악한 길목을 지나 안으로 들어갔다.

최담령의 별군 1소대는 그런 식으로 길목 몇 개를 통과했다.

그러나 길목을 통과할 때마다 소대의 숫자는 조금씩 줄었다.

길목에 대원들을 남겨야했던 것이다.

길목에 남은 대원들은 주변을 감시하며 가져온 용조와 용염을 설치했다. 용조는 티가 나지 않게 잘 매설하고 용염은 최대한 많은 피해를 줄 수 있도록 길목 양쪽에 설치했다.

용염이 양쪽에서 터지는 순간, 쇠구슬 수천 개가 서로 교차하며 날아갈 테니 화망에 있는 적은 요행을 바라기 힘들었다.

최담령이 동천에 있는 다테군의 본진에 도착한 시간은 새벽 3시였다. 평소에 자주하는 야간행군이었다면 완전무장한 상태에서 몇 십분 안에 주파할 거리였다. 그러나 지금은 왜군 정찰병을 제거하며 나아가느라 몇 배의 시간이 걸렸다.

최담령은 주위를 둘러보았다.

마지막까지 남은 대원은 경험이 가장 많은 네 명이었다.

그까지 포함해봐야 다섯 명에 불과했지만 겁은 나지 않았다.

이 날을 위해서 그 고된 훈련을 견뎌낸 것이다.

최담령은 수신호로 다테군 북동쪽에 있는 임시 망루를 가리켰다. 그리곤 어깨띠에 매달아둔 죽폭을 또 한 번 가리켰다.

대원들은 바로 고개를 끄덕였다.

최담령은 손가락 다섯 개를 펴보였다.

새카만 손가락 다섯 개가 달빛 속에서 음울한 빛을 발했다.

최담령은 이내 손가락을 접기 시작했다.

새끼손가락, 약지, 중지, 검지가 차례로 접혔다.

그리곤 마지막으로 엄지손가락이 접혀 주먹모양으로 변했다.

그 순간, 최담령과 대원들은 어깨에 매단 죽폭을 꺼내 불을 붙였다. 치익 소리를 내며 미약한 화광이 일행의 시커먼 얼굴을 비췄다. 광부들이 갱도에 촛불을 켜놓은 거 같았다.

최담령은 심지가 타들어가는 죽폭을 있는 힘껏 던졌다.

빙글빙글 돌아가던 죽폭이 임시 망루 안으로 떨어졌다.

명중이었다.

다른 대원들 역시 죽폭을 던졌다.

두 개는 망루 안으로, 그리고 두 개는 망루를 지나 떨어졌다.

그러나 상관없었다.

망루를 부수는 게 목적이 아니었다.

펑펑펑펑펑!

폭발음 다섯 개가 순차적으로 터졌다.

화광이 번쩍하며 어둠에 잠긴 망루 주변을 밝혔다.

이내 불길이 피어오른 망루에서는 몸에 불이 붙은 왜군들이 밖으로 떨어졌다. 수십 명이 넘었다. 망루를 숙소로 삼았는지 벌통을 건드린 거처럼 수십 명이 밖으로 몸을 날렸다.

죽폭의 위력은 아주 뛰어났다.

얼마 지나지 않아 망루 전체에 화광이 충천했다.

잠을 자던 다테군을 깨우기에는 안성맞춤이었다.

조선의 자객이 접근했음을 안 왜군은 바로 추격대를 편성했다.

그때였다.

다른 방향에서 폭음과 함께 화광이 연달아 충천했다.

2소대와 3소대 역시 임무에 성공한 것이다.

다테군 본진을 둘러싼 목책에 시커먼 구멍이 하나 뚫리더니 말을 탄 왜군 수십 명이 횃불을 든 채 밖으로 뛰쳐나왔다.

조선군 자객 추격에 나선 왜군부대였다.

그들은 최담령 등이 서있던 자리에 도착해선 주변을 훑어보다가 이내 길을 따라 도망친 자객의 뒤를 추격하기 시작했다.

인간사냥이었다.

최담령은 있는 힘껏 달렸다.

지금까지는 종적을 감추기 위해 애썼지만 지금은 그럴 필요가 없었다. 왜군의 신경을 있는 대로 건드렸으니 지금은 최대한 빨리 도망칠 때였다. 그들은 도보였고 적은 기병이었다. 어둠과 지리에 흰하다는 점은 이점이었지만 기본적인 속도에서 뒤쳐졌다. 곧 왜군 한 갈래가 그들을 발견했다.

최담령은 전혀 긴장하지 않은 기색으로 속삭였다.

"놈들을 길목으로 유인하자."

"예."

최담령과 그를 따르는 별군 대원들은 길목으로 몸을 날렸다.

돌부리에 부딪친 발목이 돌아가 퉁퉁 부어올랐다.

나뭇가지에 긁힌 손목과 얼굴에는 생채기가 생겼다.

그러나 아프다고 소리를 지르거나, 멈춰 서서 상처를 살펴보는 대원은 없었다. 살기 위해 달을 조명삼이 무작정 뛰었다.

이윽고 첫 번째 길목에 도착했다.

최담령은 언덕을 네 발로 기어 올라가 그곳에 있던 대원들과 합류했다. 그들은 한참 전에 모든 준비를 마친 상태였다.

최담령은 왜군이 나타날 때까지 조용히 기다렸다.

왜군은 자신들이 인간사냥에 나선 줄 알았지만 사실은 반대였다. 최담령과 대원들에게 그들이 사냥을 당하는 중이었다.

마침내 왜군 선봉이 모습을 드러냈다.

10여 기로 이루어진 경무장 기병대였다.

기병대는 횃불을 든 채 경사진 길목으로 말을 힘껏 몰아왔다.

다그닥!

군마의 발굽소리가 심장박동처럼 규칙적으로 들려왔다.

그 순간, 왜군 기병대가 길목 정상에 도착했다.

최담령은 지체 없이 손짓했다.

콰콰쾅!

용조가 터지며 질주 중이던 왜군이 말과 함께 나뒹굴었다. 제대로 설치했는지 살아남은 왜군 기병은 보이지 않았다. 설령 즉사는 피했더라도 다시는 전투에 참가하지 못할 것이다.

최담령과 별군 대원들은 대담한 행동을 취했다.

그 곳을 바로 떠나지 않은 것이다.

아직, 사용해야할 한 가지 무기가 더 남아있었다.

용조가 터지는 소리를 들었는지 왜군이 불나방처럼 그들이 있는 길목으로 달려왔다. 이 역시 교범에 있는 내용이었다.

적을 유인할 때는 요란하게 제거해라.

그러면 곧 수십 명이 그 자리에 나타난다.

최담령은 모여드는 왜군을 향해 용염을 터트렸다.

교차 사격하듯 날아간 용염이 왜군 수십 명을 휩쓸었다.

최담령은 그제야 그 곳을 떠나 두 번째 길목으로 이동했다.

그리고 같은 작업을 반복했다.

용조로 유인한 다음, 용염으로 박살냈다.

왜군은 정신이 없어 그런지는 모르겠지만 같은 방법에 계속 당했다. 사실, 그게 조선군이었다고 해도 상황은 크게 달라지지 않았을 것이다. 그 만큼 별군의 실력이 아주 뛰어났다.

최담령이 다테군 감시지역을 벗어났을 무렵.

수십이던 추격부대는 천여 명으로 늘어나있었다.

그들은 감시지역을 2킬로미터까지 넓혀 샅샅이 수색하였다.

별군에 당한 손실이 큰지 그들은 악에 바친 상태였다.

산 채로 잡힌다면 껍질을 벗겨 삶아먹을 기세였다.

그러나 그들에게 잡혀줄 별군이 아니었다.

별군은 급속행군을 통해 안전한 지점까지 퇴각했다.

그 날 새벽, 다테군은 삼면에서 동시에 해온 기습공격에 당해 정신을 차리지 못했다. 더 큰 문제는 자객을 찾아내지 못했다는 점이었다. 어디선가 그들을 노리는 자객이 있다면 군을 함부로 움직이지 못했다. 우선 눈앞의 위협요소를 제거한 다음에 움직여야 군의 생존성이 높아지는 법이었다.

다테군은 사방으로 뿔뿔이 흩어져 자객을 찾았다.

새벽에 시작한 대대적인 수색작전은 오전에 이르러서야 끝났다.

다테 마사무네의 명이 수색부대에 떨어졌다.

"조선군 자객은 이미 도망쳤을 것이다. 모두 복귀해라!"

그의 명으로 수색잡업은 끝이 났다.

그때였다.

선암사의 마에다 도시이에로부터 명령이 내려왔다.

6장. 고지전(高地戰)

6장. 고지전(高地戰)

명령은 간단했다.

선암사의 주력이 움직일 때 같이 군을 움직이라는 내용이었다.

다테 마사무네는 마음이 복잡했다.

얼마나 많은 자객이, 그리고 그들이 어느 장소에 있는지 전혀 모르는 상황에서 섣불리 군을 움직일 순 없었다. 그렇다고 마에다 도시이에의 지시를 따르지 않을 도리 역시 없었다.

같은 영주라 해도 마에다 도시이에는 이번 전쟁의 총사령관이었다. 지시를 따르지 않았다가는 개역당할 게 분명했다.

개역은 영주가 영지를 모두 몰수당한다는 말이었다.

실제로 평양성 전역에서 포위당한 고니시 유키나카가 황해도에 있던 오토모 요시무네에게 지원을 요청했을 때 오토모 요시무네가 이를 거절했는데 이 일로 도요토미 히데요시의 진노를 사 영지를 개역당한 후 오토모가문이 멸망했다.

다테 마사무네는 간토에 적지 않은 영지와 적지 않은 병력을 소유하고 있었다. 그러나 도요토미 히데요시가 동원할 20만 대군 앞에서 저항하는 것은 사실상 불가능한 일이었다.

유일한 길은 같은 간토에 있는 도쿠가와 이에야스나, 우에스기 카케카츠, 아니면 주코쿠의 모리가문과 큐슈의 시마즈가문 등과 협력하여 도요토미 히데요시를 동시에 협공해 끌어내리는 방법 밖에 없었다. 이론으로는 충분히 가능했다.

오다 노부나가의 유산을 차지한 도요토미 히데요시에겐 두려운 사람이 하나 있었다. 오다가문의 필두가신이었던 시바타 가쓰이에나, 유산 상속권을 가진 오다의 아들과 손자는 전혀 두렵지 않았다. 그가 두려워한 사람은 바로 미카와의 영주 도쿠가와 이에야스였다. 도쿠가와 이에야스는 남이 아니었다. 그와 오다 노부나가는 자식을 혼인시킬 만큼 긴밀한 동맹관계를 맺었다. 물론, 그 혼인은 도쿠가와 이에야스의 아들이 자결하는 비극으로 끝났지만 그렇다고 오다가문과 도쿠가와가문의 혈맹(血盟)이 약해진 것은 아니었다.

도쿠가와 이에야스가 오다 노부나가의 아들 중 하나를 앞세워 오다가문의 유산을 달라고 한다면 그가 곤란해지는 것이다.

실제로 도쿠가와 이에야스는 도요토미 히데요시가 시바타 가쓰이에와 오다가문의 상속권을 놓고 벌인 시즈가타케전투에서 대놓고 시바타 가쓰이에의 편을 들어주었다. 그러나 시즈가타케전투는 도요토미 히데요시의 승리로 돌아갔다.

도쿠가와 이에야스는 포기하지 않았다.

그는 다시 오다 노부나가의 차남 오다 노부카츠를 앞세워 도요토미 히데요시와 전투를 벌였다. 코마키 나가쿠테전투였다. 도쿠가와 이에야스는 이 전투에서 완벽히 승리했다.

그러나 도요토미 히데요시에게는 뛰어난 지략이 있었다.

도요토미 히데요시는 오다 노부카츠와 화해하여 도쿠가와 이에야스의 명분을 없애버렸다. 오다가문의 상속권을 주장해야할 오다 노부카츠가 도요토미 히데요시편으로 돌아섰으니 도쿠가와 이에야스가 나설 명분이 사라져버린 것이다.

결국 그 후에 도쿠가와 이에야스는 차남을 도요토미 히데요시에게 인질로 보내고 도요토미 히데요시와 아버지가 다른 여동생을 정실로 받아들이는 것으로 히데요시에게 굴복했다.

도요토미 히데요시는 결국 도쿠가와 이에야스를 굴복시키며 천하를 통일한 발판을 세웠다. 그리곤 실제로도 통일하였다.

간토의 호죠가문과 큐슈의 시마즈가문 등 그에게 저항하던 영주들에게 20만이 넘는 대군을 각각 파견해 쓸어버렸다.

왜국의 천하를 통일한 도요토미 히데요시는 왜국의 지도를 보던 중 한 가지 사실을 떠올렸다. 도쿠가와 이에야스의 영지가 그가 있는 오사카성에서 그리 멀지 않았던 것이다.

도쿠가와 이에야스가 갑자기 칼끝을 돌려 그가 있는 오사카성을 향해 쳐들어온다면 그에게 크나큰 위협이 될 수 있었다.

그래서 도요토미 히데요시는 꾀를 하나 내었다.

도쿠가와 이에야스를 긴키지방에서 최대한 멀리 떨어트려놓기 위해 그동안의 노고를 치하한다며 도쿠가와 이에야스의 영지를 호죠가문이 통치하던 간토지방으로 정해버린 것이다.

명목상의 석고는 150만석에서 250만석으로 늘어났지만 궁벽한 곳이어서 도쿠가와 이에야스는 그렇게 몰락하리라 보았다.

그리고 대비책으로 에치고의 대영주 우에스기 카게카츠를 아이즈로 보내 도쿠가와 이에야스를 위에서 견제토록 하였다.

그러나 이는 도요토미 히데요시 인생 최대의 실수였다.

도쿠가와 이에야스는 옮겨간 간토에서 세력을 차근차근 넓혀 250만의 석고를 훌쩍 상회하는 엄청난 영지를 손에 넣었다.

그리고 결국 간토에서 키운 세력으로 세키가하라전투에서 승리하여 도요토미 천하를 도쿠가와의 천하로 바꾸어 버렸다.

또, 훗날 그의 어린 아들은 오사카성에서 도쿠가와에게 항전하다가 비참한 최후를 맞게 되니 최대의 실수가 틀림없었다.

이런 도쿠가와 이에야스를 등에 업는다면 귀국해 도요토미 히데요시와 자웅을 겨뤄볼만 하였다. 더구나 도요토미 히데요시는 오늘 내일 하는 상태였고 도요토미 히데요시의 심복들은 무단파와 문관파로 나뉘어 싸움질에 열중이었다.

다테 마사무네가 성공할 확률이 더 높아진 것이다.

그러나 그는 이내 고개를 저었다.

생각처럼 된다면 이 세상에 안 될 일이 없었다.

그 말은 반대로 도쿠가와 이에야스에게 버림받아 천하
의 공적(公敵)신세가 될 수 있다는 말과 같았다. 도쿠가와
이에야스는 너구리와 같은 자여서 마음을 터놓고 믿기 힘
들었다. 언제 배신할지 모르는 것이다. 만약, 자신들의 형
세가 나쁘다면 다테 마사무네의 배신을 바로 일러바칠 것
이다.

도요토미 히데요시에게 점수를 딴 후에 충성하는 척하
며 더 좋은 기회를 노리는 것이다. 도쿠가와 이에야스는
아주 건장했다. 너무 건장해 영주가 아니라, 상인처럼 보
였다. 그리고 수명 역시 오늘 내일 하는 도요토미 히데요
시보다 훨씬 길게 분명했다. 시간은 도쿠가와 이에야스의
편이었다.

더구나 도요토미 히데요시의 어린 아들, 도요토미 히데
요시의 진짜 자식인지는 알 수 없지만 그 어린 자식은 나
이가 너무 어렸다. 도쿠가와 이에야스에게는 기회가 아주
많았다.

다테 마사무네는 다혈질이기는 하지만 철이 없지는 않
았다.

다테 마사무네는 즉시 중신을 불러 명했다.

"지금 당장 백양산으로 진군하시오!"

중신은 급히 물었다.

"자객은 어찌 하시겠습니까?"

잠시 고민하던 다테 마사무네는 한쪽만 남은 눈을 찡그렸다.

"정찰부대를 편성해 내보내시오. 진군 속도는 최대한 늦추고."

"알겠습니다."

대답한 중신은 다테 마사무네의 명을 충실히 이행했다.

천여 명에 이르는 정찰부대를 내보내 자객의 기습을 차단했다.

그리고 전체적인 속도는 도보보다 더 느리게 가져갔다.

속도를 빠르게 하면 필연적으로 진형이 뱀처럼 길게 늘어질 수밖에 없었다. 그래서 최대한 한데 뭉쳐 진격하기로 하였다.

별군의 활약으로 다테 마사무네의 4번대 1만여 명은 거북이처럼 느린 속도로 동천에서 백양산으로 진군하기 시작했다.

그 시각, 백양산에서는 이 다테군을 막기 위한 준비에 한창이었다. 이혼은 왜군의 조공역할을 한 다테군을 막아내기 위해 가장 중요한 전력 중 하나인 항왜연대와 경험이 많은 정문부의 3연대를 주력에서 빼내는 아픈 결정을 내려야했다.

이 두 개 연대는 좌군과 우군을 맡아 강력한 방어진 구축했다.

다테군이 항왜연대가 주둔한 곳에서 1킬로미터 떨어진 지점에 도착했을 무렵이었다. 남동쪽에서 갑자기 엄청난 폭음과 함께 시커먼 연기가 수십 미터까지 치솟는 모습이 보였다.

마치 세상이 멸망하기 직전 같았다.

공격을 위해 접근하던 다테군도, 이를 방어하기 위해 준비하던 조선군도 고개를 남쪽으로 돌린 채 미동조차 하지 못했다.

폭음은 한 번으로 끝나지 않았다.

귀청을 찢는 폭음은 남동쪽 일대 전체에서 연속해 들려왔다.

무언가 큰 일이 벌어지고 있는 게 분명했다.

3, 40분 후 폭음은 줄어들었다.

그 대신, 용아의 총성이 들려오기 시작했다.

뜨거운 기름에 찬물을 끼얹은 거 같은 소리였다.

용아의 총성이 잦아들 즈음에는 다시 한 번 폭음이 들려왔다.

그러나 이번 폭음은 더 크고 강력했다.

대기가 떨리는 게 보일 지경이었다.

몇 킬로미터 떨어져있음에도 내장이 흔들릴 지경이었다.

이젠 다테군도, 조선군도 어느 정도 상황을 파악했다.

조선군의 얼굴에 떠오른 미소가, 다테군의 얼굴에 떠오른 절망감이 그 증거였다. 방금 들려온 두 차례의 폭음은 용조와 용염이 내는 소리였다. 그것도 한 두 개가 아니라, 한 자리에서 수십 개, 아니 수백 개가 폭발하며 나는 소리였다.

그렇다는 말은 조선군이 이기고 있다는 말과 다르지 않았다.

다테 마사무네는 동요하는 부하들을 바라보며 생각에 잠겼다.

퇴각할 것인가?

아니면 지시를 받은 대로 이대로 공격해 조선군과 싸울 것인가?

다테 마사무네는 초승달모양의 금장식이 박혀있는 투구를 들어 백양산 북동쪽을 보았다. 투구에 달린 초승달모양의 금장식은 외눈과 함께 다테 마사무네를 대표하는 표식이었다.

백양산 북동쪽은 조용했다.

조선군의 동정은 보이지 않았다.

마치 그 자리에 아무것도 없는 듯했다.

그러나 다테 마사무네는 알았다.

조선군 수천이 위장한 채 대기 중이라는 사실을.

조선군은 정유년 전쟁을 시작하기에 앞서 녹색과 검은색, 갈색 등을 섞은 위장무늬 군복을 말단병사에까지 지급했다.

산과 들이 많은 조선의 강토에서는 더 없이 훌륭한 위장 효과를 내어 거리가 멀면 사람과 수풀을 구분하기가 어려 웠다.

조선군은 한발 더 나아가 투구와 군복에 나뭇가지를 꽂 아 더 발견하기 어려웠다. 키가 작은 관목 숲에 매복해 있 으면 10미터 안으로 접근해야 간신히 발견할 수 있을 지경 이었다.

다테 마사무네는 의리와 실리사이에서 고민했다.

의리는 당연히 곤경에 처한 아군을 돕기 위해 백양산 북 동쪽에 진을 친 적에게 돌격하는 거였다. 그리고 실리는 이미 패한 전투이니 서둘러 퇴각해 그라도 살고 보는 것이 었다.

다테 마사무네는 한참만에야 일그러진 얼굴로 명을 내 렸다.

"공격하라!"

명이 떨어지는 순간.

다테군 1만여 명은 수십 개의 부대로 쪼개져 백양산 북 동쪽을 향해 돌격하기 시작했다. 마치 수십 대에 이르는 육중한 전차들이 먼지를 피워 올리며 산기슭으로 전개하 는 듯했다.

다테가문의 영지는 전국시대 중심지에서 상당히 벗어나 있었다.

다테 마사무네는 다른 영주들보다 나이가 어려 활약할 기회가 적었다. 그가 활약할 시점에는 이미 맛있는 것은 도요토미 히데요시나, 도쿠가와 이에야스가 다 먹어버린 뒤였다.

그러나 그가 육성한 다테군은 그리 약하지 않았다.

간토의 강군으로 유명했다.

그래서 다테 마사무네가 역심을 드러낼 때마다 도요토미 히데요시나, 도쿠가와 이에야스가 그렇게 긴장했던 것이다.

강군으로 이름난 다테군답게 진격은 아주 정연하게 이루어졌다. 앞서는 부대도 없었고 뒤로 쳐지는 부대도 없었다. 마치 강한 해일이 해안을 덮치듯 산기슭을 향해 몰아쳐갔다.

한편, 풀숲에 매복해있던 웅태는 기회를 찾는 중이었다.

어제 새벽에 부하들을 풀어 거리를 재두었다.

그리곤 100미터마다 하얀색 바위를 놓아 표시를 미리 해뒀다.

다테군은 그가 표시해둔 지점을 차례대로 통과했다.

500미터, 400미터, 300미터, 200미터.

그리고 마침내 100미터에 이르렀다.

100미터는 조총 유효사거리 밖이었다. 반면, 용아를 사용하기에는 가장 효과적인 지점이었다. 양측의 거리가 50미터라면 용아나, 조총이나 사람을 죽일 수 있기는 마찬가지였다.

웅태는 손을 머리 위로 들어 흔들었다.

그 순간, 철모와 군복 어깨에 나뭇가지를 꽂은 채 엎드려있던 항왜연대 병사들이 방아쇠울에 걸어놓은 손가락을 당겼다.

탕탕탕!

V자를 오른쪽으로 돌려놓은 듯한 산기슭을 따라 총성이 울렸다.

산기슭을 빠르게 오르던 왜군 앞 열이 허물어졌다.

왜군은 당황했다.

적은 보이지 않은데 총알이 산 위에서 날아왔다.

눈을 부릅뜨고 살펴봐도 적의 모습은 보이지 않았다.

조선군이 바짝 엎드려 사격을 가하는 탓이었다.

용아와 조총이 가장 큰 차이점은 장전방식에 있었다.

조총은 전장식이었다.

말 그대로 총구를 하늘로 세워서 그 안에 화약과 탄환을 넣어야했다. 그러려면 사수는 반드시 서있어야 했다. 엎드린 자세로는 팔이 원숭이처럼 길어도 장전을 절대 하지 못했다.

그러나 용아는 개머리판방향에서 장전이 가능한 후장식

이었다.

굳이 서서 장전할 필요가 없었던 것이다.

탄환을 발사한 병사들은 노리쇠손잡이를 당겨 약실을
열었다.

그리곤 총구를 살짝 들어 약실에 든 빈 탄피를 배출시켰다.

탄피배출 장치가 있다면 더 편하겠지만 지금 가진 기술
로 만들기에는 구조가 너무 복잡해 장인들이 만들어내지
못했다.

탄피를 꺼낸 병사들은 탄입대에서 새 탄환을 꺼내 열어
둔 약실에 집어넣었다. 엄지손가락이든, 새끼손가락이든
상관없었다. 뾰족한 탄환 앞부분을 약실 입구에 맞춰놓고
손가락으로 뇌관이 있는 끝부분을 살짝 밀어주면 알아서
들어갔다.

탄환을 약실에 밀어 넣은 병사들은 젖혀두었던 노리쇠
손잡이를 옆으로 눕혀 앞으로 밀었다. 철컥하는 소리가 들
리는 순간, 폐쇄돌기가 돌아가 탄환이 움직이지 못하게 만
들었다.

장전을 모두 마친 병사들은 Y자형 나뭇가지에 거치해놓
은 총구를 움직여 왜군을 조준했다. 산기슭 전체가 왜군
천지여서 굳이 따로 조준할 필요 없었다. 이젠 방아쇠를
당길 차례였다. 열심히 올라오는 왜군의 가슴에 가늠자를
맞췄다.

총은 발사하면 무조건 반동이 생겼다.

용아든, 조총이든, 아니면 21세기 신형 소총이든 상관없이 탄환을 발사하면 반동이 생겼다. 무반동이라고 해서 반동이 없는 게 아니었다. 다른 총보다 반동이 약하다는 뜻이었다.

소음기가 소음을 완전히 줄여주지 못하는 거와 같은 이치였다.

그래서 머리를 겨누는 것은 바보 같은 짓이었다.

머리를 노려서 맞추려면 스코프와 같은 부가적인 장비나, 엄청난 사격실력이 필요했다. 그래서 대부분의 경우에는 머리가 아니라, 가슴 밑을 겨누었다. 그러면 총구가 들릴 때 가슴 위쪽이나, 머리 쪽에 맞을 확률이 보다 커지는 것이다.

사격훈련을 할 때 교관들이 항상 하는 말이 있었다.

"가슴을 겨눠라!"

항왜연대 병사들은 그 조언에 따라 가슴에 겨누어 발사했다.

그 즉시, 왜군은 피를 흘리며 쓰러졌다.

항왜연대 병사들은 용아를 이용해 다테군의 진격을 저지했다.

그러나 항왜연대는 3천이 조금 넘었다.

반면, 다테군은 1만에 이르렀다.

다태군은 막대한 희생을 감수한 채 전선을 좁히기 시작
했다.

이를 지켜보던 웅태는 죽폭을 던지라 명했다.

불이 붙은 죽폭 수십 개가 산기슭 밑으로 굴러갔다.

펑펑펑!

호수에 폭우가 쏟아지듯 산기슭에 수십 개의 파문이 생
겼다.

파문 근처에 있던 왜군은 너나할 거 없이 나가떨어졌다.

이번에는 무시하기 힘든 피해였다.

그러나 다태군은 포기하지 않았다.

그들은 다시 산기슭으로 기어 올라왔다.

웅태는 용조와 용염이 없는 게 아쉬웠다.

이런 형태의 산기슭이라면 용조와 용염으로 적에게 막
대한 피해를 줄 수 있었다. 그러나 항왜연대가 가진 용조
와 용염을 공병이 회수해 가져가는 바람에 수중에 가진 게
없었다.

방금 전 들었던 폭음과 화염은 그들이 회수해간 용조와
용염이 내는 게 분명했다. 아쉽지만 그 생각은 접기로 하
였다.

웅태는 전선으로 시선을 다시 돌렸다.

처음엔 기세를 올렸지만 지금은 빠른 속도로 밀리는 중
이었다.

광해록 185

다테군도 지금은 항왜연대 전술을 파악해 바로 대응을 해왔다.

조총도 50미터 안으로 들어오면 용아만큼 두려운 무기여서 조총의 총성이 울릴 때마다 부하들이 피를 쏟으며 쓰러졌다.

특히, 좌측 전선이 위태위태했다.

좌측은 거의 뚫려있었는데 그곳으로 들어온 왜군이 후방에서 항왜연대 병력을 공격하기 시작했다. 더 이상은 위험했다.

웅태는 전령을 후방에 있는 3연대에 보냈다.

3연대는 항왜연대 후방에서 예비부대로 대기 중이었다.

웅태가 어떻게든 막아내는 사이, 산기슭 위에 있던 3연대가 벌떼처럼 내려와 항왜연대 옆에서 다테군을 치기 시작했다.

다테군은 갑작스러운 증원에 적잖이 당황한 거처럼 보였다.

항왜연대와 3연대는 좌측과 우측을 한곳씩 맡아 다테군을 상대했다. 용아와 죽폭 등 가용 가능한 모든 무기를 사용했다.

다테 마사무네는 더 이상 밀려서는 희망이 없다고 생각했다.

"모든 전력을 투입해라!"

그 즉시, 다테군의 가신단이 직접 전선으로 향했다.

사무라이 수백 명이 가세하니 다테군이 다시 승기를 잡았다.

다테군이 자랑하는 철포대가 엄호사격 하는 사이, 가신단이 직접 지휘하는 장창부대가 전선에 구멍을 뚫기 시작했다.

다테 마사무네는 기세를 탔을 때 더 몰아붙이는 성격이었다.

"하타모토들도 나가라!"

다테 마사무네의 명에 다테가문의 깃발을 들고 있던 하타모토부대 천여 명이 깃발을 내려놓고 산기슭 위로 올라갔다.

용아의 화력을 견뎌낸 다테군은 마침내 사거리를 0으로 만들었다. 사거리가 0이란 소리는 이제부턴 백병전이란 뜻이었다.

웅태가 소리쳤다.

"물러서지 마라! 백병전이라면 우리도 밀리지 않는다!"

웅태의 말 대로였다.

다른 보병연대는 이럴 때 총검을 쓰지만 항왜연대는 아니었다.

그들은 왜도를 뽑았다.

항왜연대는 백병전에서 누구에게 져본 역사가 없었다.

항왜연대는 지원을 위해 이혼이 보내준 조선군 군속 몇 명 외에는 전부 왜군출신이었다. 그래서 백병전 경험이 많았다.

임진년과 정유년의 전쟁을 치르는 동안, 엄청나게 많은 왜군이 항복해왔는데 그들은 시마즈군, 고니시군, 모리군, 구로다군, 후쿠시마군, 고바야카와군 등 다양한 부대출신이었다.

그들의 숫자를 전부 합치면 거의 2, 3만에 이르렀다.

이혼은 그들 중 실력이 뛰어난 일부만 항왜연대에 배속했다.

그리고 나머지 항왜는 광산이나, 국영농장 등 인력이 필요한 곳에 적절히 배치했다. 물론, 살 집을 주고 녹봉 역시 괜찮게 주어 그들이 조선을 다시 배신하는 일이 없도록 만들었다.

항왜를 잘 대해주는 데는 한 가지 이유가 더 있었다.

왜군 사이에 소문이 나게 하려는 의도였다.

항복한 항왜를 모두 처형한다면 항복할 왜군은 없었다.

항복해도 죽는다면 차라리 싸우다가 죽는 편을 택할 것이다.

조선군 입장에서는 별로 좋은 일이 아니었다.

일방적인 학살이라도 정신건강에 좋지 않았고 치열한

저항이라도 펼치는 날에는 쓸데없는 희생을 강요받을 수 있었다.

이혼은 항왜를 잘 대해주었고 이 사실을 왜군에 퍼트렸다. 왜군이 더 많이, 더 빠른 속도로 항복하게 만들기 위해서였다.

다시 항왜연대 얘기로 돌아와서 항왜연대 역시 전투를 치르다보면 결원이 생기게 마련이었다. 죽거나, 부상당하는 것은 다른 보병연대와 마찬가지였다. 이혼은 그럴 때마다 다른 일을 하는 항왜 중에 실력이 좋은 순서대로 보충을 하였다.

그러다보니 항왜연대는 점점 더 정예화 되었다.

실력이 강한 자만 전투에서 살아남고 그 살아남은 자들을 데리고 다시 연대를 만들다보니 자연히 강해질 수밖에 없었다.

웅태는 지휘를 위해 뒤로 빠졌다.

그 대신, 이번에 1대대장을 새로 맡은 전중(田中)이 나섰다.

전중은 왜국 이름 다나카의 한자표기였다.

그 역시 임진년에 벌어진 전쟁에서 공을 세워 웅태, 길전처럼 전중이란 이름을 받았다. 또, 새 이름과 함께 대구에 적을 둔 본관을 받아 대구 전씨(田氏)의 시조에 등극하였다.

사실, 전중은 웅태, 길전보다 신분이 높았다.

웅태와 길전 등은 하급 사무라이였으나 전중은 영주를 원하는 때에 바로 만나볼 수 있었던 중신급 항왜였다. 그가 왜국에 있을 때 모시던 영주는 바로 나베시마 나오시게였다.

나베시마 나오시게는 이혼이 처음 맞닥뜨린 왜장이었다. 이혼은 전투를 벌여 나베시마군을 몰살시킴과 동시에 나베시마 나오시게를 참살해 떨어져있던 조선군의 사기를 드높였다.

그때, 다나카는 잔병을 수습해 남쪽으로 도망쳤다가 강원도에서 다시 포로로 잡혔다. 전중, 당시에는 아직 다나카란 이름을 가지고 있던 그는 감옥에 갇혀 죽을 날만 기다렸다.

그는 한때 이름을 날리던 가문 출신이어서 할복하지 못한 게 천추의 한이었다. 가문의 이름을 더럽혔다고 생각한 것이다.

그렇게 하루하루를 죽지 못해 보내고 있을 무렵이었다.

이혼의 명으로 항왜연대를 만든 웅태가 그를 직접 찾아왔다.

당연히 같은 편으로 끌어들이기 위해서였다.

한데 다나카는 오히려 그런 웅태를 호되게 꾸짖었다.

포로로 잡힌 것은 어쩔 수 없다 쳐도 조선군에 들어가 이혼의 주구로 전락한 것은 본국을 배신한 이적행위라는 거였다.

웅태는 그런 다나카에게 몇 가지 사실을 알려주었다.

다나카가 배신한 것으로 여긴 왜군 4번대 주장 모리 요시나리가 나베시마군 잔병 300명을 모두 죽였다는 내용이었다.

다나카는 그 말을 믿지 않았다.

당연했다.

오히려 믿으면 그게 이상한 일이었다.

웅태는 간신히 살아남은 나베시마군 잔병 두 명을 데려왔다.

그들은 곧 감옥에 갇혀있는 다나카를 보곤 통곡하며 그간의 사정에 대해 털어놓았다. 그들의 말을 듣고 웅태가 지금 거짓말하는 게 아니라는 것을 안 다나카는 분기탱천하였다.

자신이 목숨을 도외시한 채 간신히 수습해 데려왔던 나베시군의 마지막 병력이 아군에게 처참히 도륙당한 상황이었다.

다나카는 왜군에 돌아가도 자신의 자리가 없다는 것을 직감했다. 이미 배신자로 낙인이 찍혔을 테니 받아줄 리 없었다.

사정을 설명해도 모리 요시나리는 그가 저지른 실책을 가리기 위해 그를 죽이려 들 게 분명했다. 조선 백성들이 쓰는 말대로 낙동강 오리알 신세였다. 다나카는 결국 항복했다.

웅태의 조언을 받아들여 항왜연대에 들어간 것이다.

항왜연대는 다나카의 합류로 실력이 일취월장하였다.

다나카는 나베시마군의 핵심 가신으로 있었기에 웅태나, 길전보다 병법을 잘 알았다. 그리고 무예 역시 아주 뛰어났다.

특히, 쌍도로 펼치는 도법은 왜국에 이름이 제법 알려져 있었다. 다나카가 전중이란 새 이름으로 항왜연대에 합류한 후 그를 따라 쌍도류(雙刀流)를 배우려는 병사가 늘어났다.

그 전중이 지금 다테군과의 백병전을 지휘하는 중이었다. 전중이 나베시마가문에서 중신의 지위에 있었기는 하지만 나이가 많은 편은 결코 아니었다. 이제 갓 서른에 가까웠다.

즉, 혈기 방장한 나이였다.

전중은 부하들에게 맡기는 대신, 직접 앞으로 나가 적과 맞섰다.

5미터는 됨직한 장창이 바다 위로 솟구치는 고래처럼 산 밑에서 전중의 아랫배를 찔러왔다. 전중은 짧은 왜도를 이용해 장창 상대하는 법을 일치감치 깨우쳤다. 장창의 창극이 아랫배에 이를 때까지 침착하게 기다리다가 몸을 휙 돌렸다.

치익!

장창의 날이 옆구리를 스치며 방탄조끼 옆을 찢었다.

그 즉시, 목화솜과 녹색 천 조각이 한데 섞여 흩날렸다.

조끼 안에 든 묵직한 철판도 그 모습을 살짝 드러냈다.

전중은 허리 옆을 지나는 장창대를 보다가 다리에 힘을 주었다.

그의 몸은 중력의 도움을 받아 빠른 속도로 떨어졌다.

그리곤 다리가 바닥에 닿기 무섭게 왼손의 왜도를 내리쳤다.

창을 쥔 팔뚝 두 개가 펄떡거리며 바닥으로 떨어졌다.

깔끔한 솜씨였다.

왜도가 날카롭기는 하지만 사람의 두꺼운 뼈를 깨끗하게 절단할 만큼 날카롭지는 않았다. 아니, 오히려 갑옷이나, 뼈를 자르는 경우엔 왜도보다 환도가 더 좋을지도 몰랐다.

그러나 실력이 좋은 사람에게는 왜도나, 환도나 마찬가지였다.

전중이 그러했다.

전중의 도법은 그 만큼 뛰어났다.

전중은 비명을 지르기 위해 입을 벌리는 왜군 병사의 목에 오른손에 든 왜도를 수평으로 휘둘렀다. 왜군은 본능적으로 허리를 뒤로 젖혀 왜도를 피하려하였다. 잘린 팔에서 오는 고통보다 눈앞에서 날아드는 칼이 더 두려움을 주었다.

전중은 발끝으로 바닥을 힘껏 밀며 앞으로 몸을 날렸다.

뒤로 사라지는 왜군 병사의 목을 왜도가 바짝 추격했다.

촤악!

흰 목뼈가 훤히 드러날 만큼 상처가 벌어지며 피가 쏟아졌다.

두 번의 칼질로 적 한 명을 확실히 제거한 전중은 앞으로 몸을 한 바퀴 굴렸다. 말 그대로 앞구르기였다. 조선의 무사였다면 체통을 따지겠지만 왜국 사무라이들은 실전에 강했다.

그가 피한 곳으로 장창의 날이 지나갔다.

전중은 흙을 한 움큼 집어 장창을 찌른 적의 얼굴에 던졌다.

흙이 눈에 들어간 왜군 병사가 주춤하며 물러섰다.

그 틈을 놓치지 않은 전중은 다가서며 쌍도를 번갈아 휘둘렀다. 왜군의 가슴에 두 개의 도상(刀傷)이 새로 생겨났다.

바닥에 쓰러진 왜군의 가슴을 밟은 전중은 오른손의 왜도로 왜군의 목을 장작 패듯 세게 내리찍었다. 팟하며 피가 쏟아져 전중의 군복을 붉은색으로 적셨다. 전중은 얼굴에 묻은 피를 소매로 닦아내며 다음 먹잇감을 향해 몸을 날렸다.

전중 역시 처음에는 다른 항왜들처럼 한때 동료였고 친구였고 가족이었던 왜군을 향해 무기를 휘두르는데 주저하였다.

실제로 많은 항왜들이 실전에 투입된 그 날 목숨을 잃었다.

냉정을 잃는 바람에 오히려 역공당해 죽었던 것이다.

전중 역시 처음에는 손에 주저함이 있었다.

그러나 손을 쓰길 주저하던 다른 항왜들이 어이없게 죽어나가는 모습을 보며 마음을 고쳐먹기에 이르렀다. 이젠 왜군은 친구나, 동료가 아니었다. 반드시 쓰러트려야할 적이었다.

전중 등 항왜연대의 병사들은 다테군의 정예에 맞서 밀리는 모습을 추호도 보이지 않았다. 오히려 다테군보다 잘 싸웠다.

항왜연대는 고지에서 다테군을 내려다보며 공격할 수 있었다.

중력의 도움을 받는 것이다.

항왜연대가 분전하는 사이, 정문부의 3연대는 자신들만의 방식으로 왜군을 상대했다. 그들은 항왜연대처럼 백병전에 강하지 못했다. 대신, 용아와 죽폭을 이용한 전투에 능했다.

거리가 멀면 용아로 사격했다.

3연대를 향해 달려들던 왜군이 우후죽순으로 쓰러졌다.

그리고 왜군이 가까이 붙으면 죽폭에 불을 붙여 밑으로 굴렸다.

산비탈을 구르던 죽폭이 터지며 올라오던 왜군이 나자빠졌다.

죽폭의 위력이야 별 게 없었다.

3, 4미터만 떨어져도 치명상을 입지 않았다.

그러나 죽폭이 만든 연막은 골치가 아팠다.

흑색화약에 연기가 많이 나는 재료를 첨가해 만든 죽폭은 전보다 더 짙은 연기를 뿜어내 시야를 몇 초 동안 가려 버렸다.

바람이 전혀 불지 않을 때는 1분 가까이 그 자리에 있었다.

그 틈에 산기슭 위로 후퇴한 3연대는 용아를 장전한 채 대기했다. 그리곤 연기가 걷히는 즉시, 방아쇠를 당겨 총을 쏘았다.

왜군은 손에 잡힐 듯 하면서도 잡히지 않는 3연대로 인해 산기슭 중간까지 올라갔다. 시체의 산을 쌓아가며 추격했다.

3연대장 정문부는 쉼 없이 지시했다.

"3대대는 즉시 물러서라! 2연대는 물러서는 3대대를 엄호해라!"

"예!"

"1연대는 거기서 뭐하는 건가? 더 내려가서 강하게 공격해라!"

"예!"

정문부는 이번이 두 번째 전쟁이었다.

임진년에 이어 정유년의 전쟁까지 참전하며 자기만의 방식을 확고히 구축했다. 연대장 중에는 여전히 선두에 서서 적과 싸우며 병사의 사기를 북돋는 것을 즐기는 장수가 있었다.

1연대장 황진이 대표적이었다.

그러나 정문부는 황진처럼 무예가 출중하지 않았다.

그에게는 대신 대국을 살피는 능력이 있었다.

현대적인 의미의 지휘관을 꼽으면 황진보단 정문부였다.

정문부가 지휘에 정신없을 무렵.

미리 뚫어놓은 교통호 쪽에서 항왜연대장 웅태가 달려왔다.

정문부는 지휘를 잠시 부연대장에게 맡겼다.

빗발치는 조총의 탄환을 용케 피해 달려온 웅태가 입을 열었다.

"이제 물러서는 게 좋지 않겠습니까?"

"나도 그 생각을 하던 참이었소."

고개를 끄덕인 정문부는 부연대장에게 소리쳤다.

"병력을 후퇴시켜라! 후퇴할 지점은 어제 정해놓은 그곳이다!"

"옛!"

대답한 부연대장은 1대대부터 뒤로 후퇴시켰다.

웅태 역시 항왜연대로 돌아가 부연대장 길전에게 명령했다.

"퇴각한다!"

웅태의 명을 들은 길전의 얼굴에 미소가 번졌다.

드디어 시작할 때가 온 것이다.

그들과 3연대가 북동쪽 기슭에서 맹렬한 저항을 하는 바람에 다테군은 몸이 단 상태였다. 이미 2, 3천에 이르는 병력피해를 입은지라, 물러서기에는 이미 늦은 상황인 것이다.

길전은 전선에 있는 전중을 급히 호출했다.

"퇴각할 테니 자네가 뒤에서 추격을 막아주게."

"예, 장군."

대담한 전중은 다시 몸을 돌려 밑으로 내려갔다.

전이었다면 길전은 감히 전중에게 명을 내릴 생각을 하지 못했을 것이다. 그러나 이곳은 조선이었다. 새로운 세상이었다.

전중은 명령대로 움직였다.

추격해오는 왜군을 떨쳐내며 부하들을 산기슭 위로 이끌었다.

왜군은 쉽게 떨어지지 않았다.

이미 악에 바친 그들은 목숨을 도외시한 채 달려들었다.

항왜연대는 피해를 입어가며 퇴각했다.

전중은 쓰러지는 부하의 팔을 잡아 일으켰다.

부하의 등에는 조총탄환에 맞아 까맣게 탄 자국이 남아 있었다.

그러나 다행히 몸은 괜찮아 보였다.

방탄조끼가 제 효과를 낸 것이리라.

"정신 차려!"

"예!"

전중의 격려를 받은 부하는 네 발로 기어 산기슭을 올라갔다.

말 그대로 산기슭이었다.

땅이 꺼지며 밖으로 드러난 나무뿌리가 얼키설키 얽혀있고 주먹보다 작은 바위부터 몇 톤에 이르는 바위까지 다양한 바위들이 곳곳에 지뢰처럼 매설되어있었다. 그리고 가시나무와 같은 관목 숲부터 어른 허리둘레만한 두께의 참나무까지 수십 종류의 크고 작은 나무가 곳곳에 산재해 있었다.

전중이 지휘하는 항왜연대 병사들은 배운 대로 지형지물을 최대한 이용해가며 퇴각했다. 왜군이 가까운 지점까지 접근해 뿌리치기 어려울 때는 바위나, 나무에 숨어 공격했다.

전중은 나무 옆으로 올라오는 왜군의 목에 왜도를 휘둘렀다.

왜도가 왜군의 목을 반 가까이 날려버렸다.

암갈색이던 참나무의 두꺼운 껍질이 소나무껍질처럼 붉게 물들었다. 전중은 급히 나무 뒤로 몸을 숨겼다. 탕탕하는 조총 특유의 총성이 들리더니 나무껍질이 산탄처럼 터졌다.

"서둘러라! 고지가 멀지 않았다!"

소리친 전중은 마지막으로 전선을 떠나 산기슭 위로 올라갔다.

위에서 기다리던 길전이 전중의 손을 잡아주며 물었다.

"퇴각 중에 잃은 인원이 얼마나 되는가?"

전중은 씁쓸한 얼굴로 대답했다.

"한 서른 정도 되는 것 같습니다."

길전은 전중의 어깨를 두드렸다.

"어려운 퇴각이었네. 그 정도면 할 만큼 했어."

전중은 별다른 대답 없이 고개를 한 번 끄덕였다.

두 사람은 산기슭 위로 올라와 거기 있던 웅태 등과 합류했다.

나머지 부하들도 넓지 않은 산기슭 정상 주위에 모여 있었다.

웅태가 손가락으로 왜군이 올라오는 지점을 가리켰다.

"이제 시작할 걸세."

그 말에 전중은 시선을 남동쪽으로 돌렸다.

그 순간이었다.

그가 서있는 곳 밑에서 무언가 묵직한 게 움직이기 시작했다.

7장. 화공(火攻)

7장. 화공(火攻)

산기슭 여기저기 튀어나와있는 바위, 그리고 시야를 가리는 나무는 조선군이 산기슭으로 퇴각하는데 큰 도움을 주었다.

이는 왜군 역시 마찬가지였다.

왜군이 산기슭을 오르는데 나무와 바위가 엄폐물이 되었다.

왜군은 지형지물을 최대한 이용했다.

그게 당연했다.

나무 뒤에 숨어 있다가 조선군의 반격이 없으면 재빨리 앞에 있는 바위 뒤로 달려갔다. 그 몇 초가 그들에겐 영원처럼 긴 시간이겠지만 산기슭으로 올라간 조선군은 반응이 없었다.

바위 뒤에서 다시 소나무향이 짙게 풍기는 적송 뒤로 몸을 날린 왜군은 다시 집채만 한 바위를 향해 뛰어갔다. 말 그대로 집채만 한 바위였다. 만약, 조선군이 그 바위를 밑으로 굴린다면 밑에 깔린 왜군은 피육신세를 면치 못할 것이다.

그러나 바위는 꿈쩍하지 않았다.

조선군의 함정이 아니라는 뜻이었다.

왜군은 점점 속도를 높여갔다.

이유는 알 수 없지만 산기슭으로 올라간 조선군은 조용했다. 그게 폭풍 전의 고요함일 수 있었지만 어쨌든 이득이었다.

산기슭 정상이 멀지 않았다. 저 멀리 낙타의 등처럼 보이는 작은 봉우리들이 몇 개 이어지다가 백양산 정상이 드러났다.

그러나 그들의 목표는 백양산 정상이 아니었다.

그들의 목표는 산기슭으로 도망친 비겁한 조선군이었다.

산기슭 정상에는 붉은색에 가까운 공터가 넓게 펼쳐져 있었다.

조선군은 거기 있을 것이다.

왜군은 산기슭 정상에서 마주할 조선군과의 치열한 교전을 염두에 둔 채 빠른 속도로 정상을 향해 질주하기 시작했다.

오히려 산 위에서 이동하는 시간이 더 빨랐다.

산 밑에는 홍수에 무너진 흙에서 튀어나온 나무뿌리며 칡덩굴이며 각종 잔풀과 잡목이 발목을 잡아끌었다. 그러나 정상 가까운 곳에는 나무와 바위만 드문드문 있을 뿐이었다.

왜군은 팔과 무릎에 시커먼 멍이 들었다.

갑옷에 가려 잘 보이진 않았지만 때로는 보지 않아도 알 수 있는 것들이 있었다. 피부가 약한 곳에는 멍이, 더 약한 곳은 아예 찢어져서 새빨간 피가 소매 밑으로 흘러내렸다.

그러나 이젠 고생도 끝이었다.

산기슭 정상에 깔려있는 붉은색 흙이 눈에 들어오기 시작했다.

그때였다.

드르륵!

산기슭 정상 바로 밑에 다른 곳과 달리 나무가 유독 우거진 부문이 있었다. 한데 그곳에서 바퀴 움직이는 소리가 들렸다.

본능적인 직감에 따라 왜군을 지휘하던 다테가문 가신들은 손을 들어 부하들을 멈춰 세웠다. 그리곤 그 나무가 우거져있는 곳을 손가락으로 가리켰다. 즉시, 조총 탄환과 화살이 빗발치듯 날아가 나무기둥을 수천 조각으로 박살내었다.

이 정도 화력이라면 뭐가 있든 무사하지 못할 것이다.

안심한 왜군이 다시 올라가려는 찰나.

드르륵!

잠시 끊어졌던 바퀴 굴러가는 소리가 다시 들려왔다.

그리곤 앞을 가로막은 나뭇가지 잔해가 사방으로 흘러내렸다.

왜군은 주춤하며 뒤로 물러섰다.

나뭇가지가 흘러내린 자리에 검은색 포신이 드러난 것이다.

뜨거운 햇볕을 받아 반들거리는 대룡포의 포구가 마침내 모습을 드러냈다. 이윽고 포구 주위에 있던 나뭇가지가 모두 흘러내리며 본체마저 드러났다. 포구와 기관부가 이어지는 장소엔 시커먼 철판 두 개가 날개처럼 양쪽에 달려 있었다.

마치 코끼리의 머리통을 옮겨다놓은 듯한 모습이었다.

2미터에 이르는 긴 포신은 코끼리의 긴 코를, 포신 양쪽에 붙어있는 두꺼운 철판은 코끼리의 넓적한 귀와 흡사해 보였다.

철판 앞에는 조총의 탄환 자국이 그득했다.

그리고 철판 바닥에는 부러진 화살대가 널려있었다.

방금 전 그런 화력에서 버틸 수 있는 것은 그리 많지 않았다.

그러나 조선군의 대룡포는 살아남았다.

철판이 본체 앞을 막아준 덕분에 그 뒤에 있던 중요한 장치와 포를 쏘는 포병들은 거의 다치지 않은 상태였던 것이다.

이게 바로 이혼이 다테군을 위해 준비한 선물, 포병연대였다.

북동쪽 하늘을 응시하던 포구가 끼이익 소리를 내며 밑으로 천천히 내려왔다. 그리곤 산기슭의 경사와 거의 평행한 상태에서 정지했다. 다테군은 철판에 가려 포신 뒤쪽의 상황을 보지 못했지만 대룡포가 포격 준비에 들어갔다는 것을 본능으로 알았다. 그리고 생존본능에 의해 달리기 시작했다.

위가 아니라, 밑으로.

다테군은 금세 혼란에 빠져들었다.

V자를 오른쪽으로 돌려놓은 듯한 야트막한 산기슭을 따라 4, 50대의 이르는 대룡포가 속속 모습을 드러냈다. 산기슭 가장 안쪽에는 높게, 바깥에는 조금 낮게 설치되어 있었다.

혼란에 빠진 다테군은 진형이랄 게 딱히 없었다.

실족하여 구르는 병사들 천지였다.

심지어는 앞에 있는 동료를 발로 차고 뛰어넘는 자도 있었다.

포병연대 연대장 장산호는 그런 왜군을 보며 싸늘한 미
소를 지었다. 어제 저녁부터 오늘 아침까지, 포병연대 병
사들은 대룡포의 부품을 일일이 분해에 북동쪽 산기슭을
등반했다.

부하 10여 명이 실족해 죽고 30여 명은 의원신세를 꽤
져야할 만큼 강행군이었다. 처음에는 포병을 자꾸 산으로
올려 보내는 지휘부의 작전이 못마땅했다. 그러나 다 같이
살자고 하는 일이었으니 딱히 지휘부 잘못이라고 하긴 어
려웠다.

사실, 그가 권율이었어도 포병을 이쪽 산기슭에 보냈을
것이다.

대룡포를 제외한 모든 화기를 마에다군과 가토군이 있는
선암사쪽에 집중하고 왜군이 찾던 포병은 꼼꼼 숨겨서 북
동쪽 기슭에 옮겨 위장시켜놓았다. 그리고 가장 큰 효과를
낼 수 있을 때까지 기다렸다가 마침내 그 모습을 드러냈다.

지휘부에 향하던 분노는 이내 왜군으로 옮겨갔다.

애초에 그들이 쳐들어오지 않았으면 이런 고생은 필요
없었다.

장산호의 입에서 성난 외침이 터져 나왔다.

"쏴라!"

포병연대 1중대 1번포가 가장 먼저 불을 뿜었다.

펑!

포구가 움찔하며 밀리는 순간.

눈에 보이지 않을 만큼 빠르게 날아간 신용란이 50미터 밑에 있는 참나무에 맞아 폭발했다. 그리고 그와 동시에 엄청난 화염이 사방으로 솟구치며 그 주위에 있던 왜군을 덮쳤다.

끼이익!

중간 기둥이 반이나 날아간 참나무는 위태롭게 서 있다 가 중력의 인도를 받아서 남쪽으로 서서히 쓰러지기 시작 했다.

콰아앙!

엄청난 굉음과 함께 나무가 쓰러지며 가지에 붙어있던 불똥이 수십 미터까지 날아갔다. 입이 떡 벌어지는 광경이 었다.

1번포에 이어 1중대 2번포와 3번포가 동시에 포성을 토 해냈다.

100여 미터의 간격을 두고 평행을 이루며 날아간 신용 란 두 발이 한 발은 바위지대에, 그리고 다른 한 발은 흙에 떨어졌다. 바위지대에 떨어진 신용란은 충돌하는 즉시, 폭 발했다. 그리곤 그 일대를 지옥불보다 뜨거운 화염으로 덮 었다.

바위 뒤에 몸을 숨겼던 왜군은 미처 피할 새도 없이 휩 쓸렸다.

흙에 떨어진 신용란은 커다란 구멍을 뚫으며 폭발했다.

그곳에 있던 왜군이 바위 주변보다 많아 피해가 막심했다. 또, 바위지대에 충돌한 신용란은 파편이 주변 바위나, 나무에 막혀 근방 5, 6미터를 타격하는데 그쳤다면 흙에 떨어진 신용란은 방해하는 게 없어 10미터까지 파급력을 끼쳤다.

1중대를 시작으로 2중대, 3중대, 5중대가 차례로 포격했다. 따로 조준할 필요는 없었다. 그저 산기슭을 향해 발포하면 끝이었다. 그러면 폭발한 신용란이 산기슭에 있던 돌과 흙, 나뭇가지를 사방으로 비산시켜 산탄 효과를 만들어내었다.

마지막으로 산기슭 양쪽 끝에 위치한 6중대와 7중대, 8중대, 그리고 9중대가 포격했다. 산기슭 밑에 있다가 도망치던 왜군이 화망에 갇혀 오도 가도 못한 채 불에 타 재로 변했다.

그러나 지옥은 이제 시작이었다.

백양산 산기슭은 며칠 째 비가 내리지 않아 바짝 말라있었다.

더욱이 겨우내 쌓여있던 눈이 녹은 지 오래여서 대지는 봄에 보유했던 수분을 뜨거운 열기에 모두 빼앗겨버린 상태였다.

그런 상황에서 신용란 수십 발이 떨어지니 화염이 곧 산불로 변해 사방으로 번져갔다. 바람은 필요 없었다. 신용란이 폭발하며 생긴 화염이 징검다리가 되어 화염을 퍼트렸다.

다테군 수천은 산불에 가로막혀 점점 타들어갔다.

산기슭 정상에 있던 조선군은 머리가 아플 정도로 지독한 냄새를 맡았다. 처음에는 매캐한 화약 냄새가 코를 찔러왔다.

군 생활 내내 맡아서 이제는 익숙한 냄새였다.

이젠 조선군과 화약무기는 떼래야 뗄 수 없는 관계였다.

한 번에 소총부터 지원화기까지 10여 종류 화기를 사용했다.

화약 냄새 다음에 풍긴 냄새는 나무가 타는 냄새였다.

마치 온 산에 모닥불을 피워놓은 듯했다.

짙은 녹색이던 백양산의 산기슭은 가을 단풍보다 더 붉게 변했다. 그리고 곳곳에선 붉은 용이 새빨간 혀를 날름거렸다.

나무 타는 냄새 다음에는 살과 머리카락이 타는 냄새가 맡아졌다. 이 냄새는 직접 맡아보지 않고는 설명하기 힘들었다.

자신들은 안전한 곳에 있었음에도 온몸에 소름이 잔뜩 돋았다.

보기만 해도 두려운 감정이 일었다.

다테 마사무네는 가장 빠른 길을 이용해 가장 먼저 도망쳤다.

그가 막 화망을 벗어났을 무렵.

불에 탄 수십 그루 나무들이 우산을 펼치듯 사방으로 쓰러졌다. 거기서 날아온 먼지와 불똥이 다테 마사무네의 온몸을 덮쳤다. 그는 그나마 운이 좋은 편이었다. 그의 부하들 대부분은 그 지옥 같던 불길 속에 갇혀 빠져나오지 못했다.

다테 마사무네의 하나만 남은 눈이 찢어질 듯 커졌다.

경악에 물들어있던 눈은 이내 분노로 이글거렸다.

그게 조선군에 대한 분노인지, 자신에 대한 분노인지, 아니면 이번 공격을 명한 마에다 도시이에에 대한 분노인지 그 자신조차 헷갈릴 지경이었다. 어쨌든 뒷머리가 당길 정도로 엄청난 분노가 온몸을 송두리째 잠식해버린 상황이었다.

몸을 부들부들 떨던 다테 마사무네는 자신이 자랑하던 초승달 장식투구를 신경질적으로 벗어 내던졌다. 앞머리를 밀어버린 흉한 두상이 뜨거운 오후의 햇볕을 받아 번들거렸다.

다테 마사무네가 할 수 있는 일은 없었다.

죽은, 그리고 죽어가는 부하들의 명복을 빌어주는 일은 지금이 아니라도 가능했다. 실성한 가신들은 불길 속으로 뛰어들었다. 불길에 자식과 형제, 친구와 동료들이 갇혀 있었다.

중신 하나가 가져온 말에 오른 다테 마사무네는 미련 없이 발길을 돌렸다. 1만에 가깝던 그의 병력은 2천으로 줄어들었다. 그마저도 여기저기 화상을 입은 병사가 태반이었다.

다테 마사무네가 동천을 거쳐 선암사로 후퇴하는 사이.

무덤가 근처 언덕에 있던 가토 기요마사는 전령이 돌아오길 기다렸다. 가토 기요마사가 공격했던 포병이 사실은 조선군의 위장작전이었다는 사실을 마에다 도시이에게 알려주려 간 전령이었는데 시간이 꽤 흘렀음에도 돌아오지 않았다.

소식을 몰라 답답하던 참에, 마에다 도시이에가 간 방향에서 엄청난 폭음이 들려왔다. 거리가 멀었음에도 귀청을 찢을 듯했다. 당황한 가토 기요마사는 결정을 쉽게 내리지 못했다.

도와주자니 병력이 부족했다.

그리고 퇴각하자니 남의 시선이 두려웠다.

자존심 또한 허락하지 않았다.

그 후에는 작은 폭음들이 연이어 이어졌다.

"용조군."

가토 기요마사가 이를 부드득 갈았다.

용조에 하도 당해 이제 그 소리만 들어도 뭔지 알 수 있었다.

용조의 폭음이 끝나갈 무렵이었다.

갑자기 엄청난 폭음이 다시 들려왔는데 이번에는 폭음과 함께 땅이 흔들리는 듯한 충격파가 그에게까지 전해져 왔다.

이는 엄청난 양의 화약이 폭발했다는 뜻이었다.

화약은 당연히 혼자 타지 못한다.

화약을 빠른 속도로 태우려면 산소가 많이 필요했다.

한데 엄청난 양의 화약이 동시에 폭발하면 그 만큼 엄청난 양의 산소가 필요했다. 화약은 폭발하기 위해 가지고 있던 산소와 함께 주변에 있던 산소마저 모두 끌어들여 사용했다.

화약을 태우는데 산소를 모두 소모하다보니 그 일대는 일종의 진공상태로 변했다. 공기가 없는 상태인 것이다. 그러다가 산소의 도움으로 폭발한 화약이 엄청난 가스를 쏟아냈다.

그 가스는 진공상태이던 곳을 그야말로 순식간에 관통했다.

그 곳에 산소와 같은 대기가 남아있다면 어느 정도 저항을 받겠지만 진공상태이다 보니 거칠 것이 없어져 순식간에 폭발해 사방으로 뻗어갔다. 그리고 거기서 만들어진 충격파가 짧으면 몇 십 미터, 길면 몇 킬로미터까지 뻗어갔다.

용염이었다.

이는 용염이 아니면 낼 수 없는 효과였다.

그것도 한두 개가 아니었다.

적어도 수십 개를 동시에 터트린 위력이었다.

수십 개의 용염이 터지며 중첩된 충격파가 만드는 위력이었다.

가토 기요마사는 상황을 알아보기 위해 두 번째 전령을 보냈다.

두 번째 전령이 막 출발했을 무렵, 이번에는 용아의 총성이 들려왔다. 용조나, 용염의 폭음이 워낙 대단해 용아의 총소리는 딱총소리처럼 들렸다. 그러나 그 딱총 소리는 수백 발이 동시에 들려왔다. 엄청난 탄환을 쏟아 붓는 중이었다.

두 번째 전령이 미친 듯이 말을 몰아 돌아왔다.

가토 기요마사는 급히 달려가 말의 고삐를 잡아주며 물었다.

"대체 무슨 일이 일어난 것이냐?"

얼굴이 하얗게 질린 전령은 귀신이라도 본 사람처럼 대답했다.

"다, 다 죽었습니다!"

"다 죽었다니 그게 무슨 말이냐?"

전령은 고개를 연신 끄덕였다.

"정, 정말입니다! 다 죽었습니다!"

전령의 목소리가 커서 주변에 있던 병사들의 시선이 그에게 향했다. 마에다군은 2만이었다. 2만이 넘는 병력이 세 시간이 채 지나기도 전에 다 죽다니 말도 안 되는 소리였다.

그의 상식으로는 이해가 가지 않았다.

가토 기요마사가 화를 내며 소리쳤다.

"네 놈이 겁을 먹어 제대로 살펴보지 않은 것이 틀림없구나!"

말에서 뛰어내린 전령은 머리를 조아렸다.

"소, 소인의 말은 모두 사실입니다! 두 눈으로 확인했습니다!"

전령은 억울한지 목소리가 더 커졌다.

찬물을 끼얹은 거처럼 조용한 분위기였던지라, 더 크게 들렸다.

전령의 외침에 가뜩이나 대패하여 분위기가 좋지 않던 가토군은 절망의 구렁텅이에 시속 300킬로미터로 떨어져 버렸다.

눈썹을 꿈틀거린 가토 기요마사는 왜도를 뽑아 바로 내리쳤다.

뒷목이 반쯤 잘린 전령은 이해할 수 없다는 표정으로 가토 기요마사를 노려보며 앞으로 쓰러졌다. 가토 기요마사는 피와 살점이 묻어 있는 칼을 가신에게 던져주고 돌아섰다.

"저 놈은 나에게 감히 거짓을 아뢰었기에 참한 것이다!"

그러나 정작 그렇게 말한 가토 기요마사 역시 마에다군을 찾아가지 않았다. 대신, 동천 방면에서 백양산 북동쪽 방면으로 이동 중이던 다테 마사무네의 4번대를 찾아 북상했다.

북상하는 동안, 총성과 죽폭 터지는 소리가 은은하게 들려왔다.

다테군 역시 상황이 급한듯했다.

"서둘러라!"

소리친 가토 기요마사는 군마의 말배를 걷어찼다.

조금만 더 가면 이제 전장이 보일 터였다.

그때였다.

산기슭 위에서 엄청난 포성과 함께 불벼락이 쏟아졌다.

눈앞의 작은 언덕에 가려 정확히 보이진 않았지만 뭔가 엄청난 게 떨어진 듯했다. 가토 기요마사는 직감적으로 알았다.

그가 찾던 조선군의 포병이 어디에 숨어있었는지 안 것이다.

그 포병은 동천에서 올 다테군을 겨누고 있었다.

가토 기요마사가 처음에 잘못 끼운 단추가 이런 결과를 초래했다. 그가 오늘 아침에 조선군의 위장작전을 제대로 파악했다면 이런 비참한 결과는 일어나지 않았을 가능성이 높았다.

가신들이 가토 기요마사의 얼굴을 보았다.

퇴각할지, 아니면 저 불벼락 속으로 뛰어들 건지 결정하란 뜻이었다. 어느 쪽이든 지체할 시간은 없었다. 퇴각이라면 한시라도 빨리 이 지옥에서 벗어나야했다. 다테군을 처리한 조선군에게 기껏 수습한 2, 3천의 병력을 내줄 순 없었다.

그리고 다테군을 도와줄 요량이라면 더 서둘러야했다.

저런 불벼락 속에서는 얼마 버티지 못할 것이다.

뚝!

가토 기요마사는 손에 쥔 군선을 두 쪽으로 쪼갰다.

그리곤 후퇴를 명했다.

"선암사로 간다!"

명을 내린 가토 기요마사가 가장 먼저 선암사가 있는 동쪽으로 출발했다. 우에스기 카게카츠와 합류할 생각인 것이다.

신중한, 아니 처음부터 적극적이지 않았던 우에스기 카

게카츠임을 생각해 보았을 때 그는 선암사에 있을 게 틀림 없었다.

그가 마음에 들지는 않지만 어쨌든 지금은 힘을 합쳐야 했다.

아니, 의지해야했다.

가토군이 선암사로 퇴각한 후 조선군 포병연대의 포격 이 마침내 끝났다. 다테군은 잔병을 수습해 도망친 지 오 래였다.

백양산 북동쪽에서 일어난 불길은 백양산 전체를 태울 거처럼 기승을 부리다가 조선군의 화재진압작전에 결국 굴복했다.

산불을 끄는 방법은 세 가지였다.

하나는 맞불을 놓는 방법이었다.

더 이상 탈 나무가 없다면 불은 저절로 꺼지기 마련이었다.

두 번째 방법 역시 원리는 첫 번째와 같았다.

대신, 나무를 잘라 내거나, 풀을 베어낸다는 게 다를 뿐 이었다.

마지막은 물이나, 흙을 뿌리는 방법이었는데 가장 힘든 방법이었다. 맞불을 놓은 조선군은 화재 진행방향에 있는 나무나, 풀, 그리고 나뭇가지 등을 미리 제거해 화재를 진 압했다.

이혼은 백양산 북동쪽을 보았다.

새빨간 노을이 온 세상을 붉게 물들이는 중이었다.

동쪽에서 떠오른 해는 자연의 이치대로 서쪽을 향해 이동했다.

그리곤 달과 교대하기 시작했다.

백양산 북동쪽 하늘에는 시커먼 연기가 가득했다. 마치 굴뚝 수십 개가 있는 듯한 광경이었다. 충천하던 화광이 멎은 것을 봐서는 화재진압에 나선 부대들이 성공한 모양이었다.

이혼은 고개를 내려 백양산 아래를 보았다.

지친 기색의 병사들이 산자락으로 모여드는 중이었다.

오늘은 끼니를 때울 시간마저 없을 정도로 정신없는 하루였다.

아침 일찍 시작한 전투는 점심에 절정을 이루었다가 왜군이 선암사로 전면 퇴각한 저녁 무렵에서야 마침내 끝이 났다.

끼니를 거른 채 자신의 한계를 시험하는 전투에 나선 병사들은 피곤한 기색으로 휴식을 취하기 위해 하나둘 귀대했다.

몸에 붕대를 감거나, 동료에게 부축을 받는 병사들도 많았다.

"휴우."

긴 한숨을 내쉰 이혼은 근처에 있는 권율을 찾았다.

권율은 오히려 전투 때보다 더 바빠 보였다.

처리하고 조율할 게 많았다.

전사자와 부상자의 분리.

그리고 경상자와 중상자의 분리 역시 그가 해야 했다.

이혼이 세자의 자격으로 근위사단을 통솔할 때는 이혼의 몫이었으나 지금은 권율이 그를 대신해서 모든 일을 처리했다.

경상자는 먼 곳으로, 중상자는 가까운 곳에 설치한 야전병원으로 옮겨 치료했다. 또, 전사자는 시신에 있는 군번줄을 통해 신원을 파악한 다음, 가죽으로 만든 영현가방에 담아 후방으로 옮겼다. 후방에는 목관 수천 개가 도착해있었다.

전사자와 부상자의 처리를 끝낸 다음에는 왜군 처리에 들어갔다. 왜군 역시 전사자와 부상자 두 부류로 나뉘어있었다.

전사자는 부패하기 전에 한곳에 모아 재빨리 화장했다.

요즘은 날이 더워 금세 부패했다.

그리고 부패하면 전염병을 일으킬 위험이 있었다.

또, 새나, 산짐승이 시신을 훼손할 위험 역시 있었다.

그리고 왜군 부상자는 아군 부상자처럼 두 부류로 분리해 중상자는 임시 거처에 수용하고 경상자는 수레에 태워보내든, 서로 부축해 걷든지 해서 왜군에게 다시 돌려보내주었다.

생포한 포로는 보내지 않았다.

그들을 돌려보내면 다음 번 전투에 총을 들고 공격해올 것이다. 이는 조선군이 먼저 왜군의 숫자를 불려주는 행동이었다.

권율은 이번에 잡은 포로 4천을 대구에 있는 헌병대에 보냈다. 이는 지방 관아나, 군의 다른 기관이 할 일이 아니었다.

헌병대의 일이었다.

헌병대의 임무는 군의 기강확립과 질서유지, 그리고 군 관련 범죄의 예방과 수사, 또, 포로의 분류와 관리, 감독이었다.

사람 다음에는 물건이었다.

왜군이 남긴 군수물자와 아군이 사용한 군수물자를 회수해 고장 난 것은 뒤로 보내고 재활용이 가능한 것은 다시 보급했다. 정리를 마쳤을 때는 이미 날이 완전히 저물었다.

전장정리를 물 흐르듯 처리한 권율은 각 부대에 명을 내렸다.

"경계 병력을 세운 다음, 식사와 휴식을 취하도록 하라."

병사들이 고대하던 순간이었다.

지친 병사들은 야산 중턱에 솥을 걸었다. 그리곤 군수과가 나누어준 군량을 물에 불려 끓이기 시작했다. 겨울에는 모르겠지만 여름에는 무엇보다 식중독에 유의해야했다.
그리고 식중독을 막으려면 크게 두 가지 점에 유의할 필요
가 있었다.

하나는 물이었다.

더러운 물은 식중독 외에도 각종 전염병의 원인으로 작
용해 최대한 깨끗한 수원을 찾아 끓여먹는 게 최선의 방법
이었다.

이는 반드시 지켜야하는 철칙이었다.

두 번째는 군량이었다.

병사들이 먹는 군량을 잘 관리해야 식중독의 예방이 가
능했다.

상한 음식을 먹이는 것은 최악의 선택이었다.

그러나 더운 여름에 재료를 신선하게 관리하는 것은 어
려웠다.

더욱이 냉장고가 없고 교통이 불편한 지금 상황에선 더
어려운 일이었다. 이혼은 이를 위해 건조식량을 만들기 시
작했다.

말 그대로 건조한 식량이었다.

쌀과 고기, 채소에 있는 습기를 완전히 없애 만들었다.

현대처럼 밀폐용기가 있거나, 진공포장이 가능하다면
좋겠지만 지금은 그럴 수 없어 항상 햇볕에 노출시켜 습기
를 없앴다.

병사들은 군수과가 보낸 건조식량을 솥에 넣어서 물과 함께 끓였다. 그러면 소금 간만 살짝 해도 먹을 막한 음식이 만들어졌다. 병사들은 지급받은 반합에 말린 고기와 말린 채소로 만든 쌀죽과 미리 끓여놓은 식수를 이용해 식사했다.

식사를 마친 후에는 백양산을 중심으로 진채를 세워 휴식에 들어갔다. 병사는 기계가 아니었다. 휴식을 취하게 해줘야 전투를 이길 수 있었다. 오늘 이겼다고 야간행군을 하다가는 적지에서 기다리고 있던 적에게 당할 위험이 있었다.

병사들과 같은 음식으로 식사를 마친 이혼은 근위사단 본부연대 공병대가 설치한 처소에 들어가 침상에 잠시 누웠다.

하루 종일 긴장해 있던 탓에 온 몸이 살려 달라 소리를 질렀다.

정말 긴 하루였다.

백양산에서 아침을 맞았을 때부터 긴 하루일거라 내심 짐작했지만 체감시간은 훨씬 더 길었다. 땀을 한 바가지 이상 흘린지라, 입었던 옷은 젖었다가 다시 마르기를 반복해 소금기가 하얗게 묻어나왔다. 성공적인 하루를 보낸 다음, 피곤한 몸으로 침상에 눕는 순간은 어떤 쾌락보다 달콤했다.

사실, 딱히 침상이라 할 게 없었다.

다리가 달린 딱딱한 나무판자에 돗자리 하나 펴둔 게 다였다.

그러나 그게 비단으로 만든 금침(衾枕)보다 편할 때가 있었다.

지금이 바로 그러했다.

침상에 누우니 도성에 있는 가족 생각이 먼저 났다.

그 역시 이젠 혈혈단신이 아니었다.

가족이 생긴 것이다.

사랑하는 아내와 이제 한창 옹알이 중에 있을 어린 아들이 400킬로미터 떨어진 장소에 있었다. 전장에 나와 있을 때 가족이 그리운 것은 일반 병사나, 임금이나 차이가 없었다.

다만, 책임감 부분에선 조금 달랐다.

그는 몇 만에 이르는 병사들의 목숨을 책임져야 해서 약한 모습을 보여선 안 되었다. 작은 허점만 보여도 바로 병사들의 사기에 영향을 주었다. 그게 군왕이 가지는 고충이었다.

아들보다 미향의 얼굴이 먼저 떠올랐다.

사랑스러운 아내였다.

전투의 승패를 기다리며 초조해하고 있을 그녀를 생각하니 당장 달려가서 안아주지 못하는 게 한이었다. 그리고 뜨거운 밤을 보내고 싶었다. 그는 한창 정력이 왕성한 나이였다.

미향의 몸을 생각하니 아랫배에 힘이 잔뜩 들어갔다.

그러나 이내 고개를 저어 미향의 얼굴을 흩어버렸다.

그 다음에 떠오른 것은 어린 아들의 얼굴이었다.

아직 원자로 책봉하지는 않았지만 사실상 원자나 다름없었다.

예비 원자의 이름은 윤(倫)이었다.

다스릴 윤(尹)이 아니라, 인륜(人倫)의 윤(倫)이었다.

인륜은 사람이 지켜야할 도리를 가리키는 말이어서 이혼은 아들이 훌륭한 사람보단 덕이 있는 사람으로 자랐으면 좋겠다는 생각에 그런 이름을 지었다. 피를 보는 것은 그 하나면 족했다. 그리고 원망을 받는 것 역시 그 하나면 족했다.

아들이 다스릴 세상은 지금보단 좋아야했다.

그 좋다는 게 상당히 추상적일 수가 있었지만 전쟁 하나만 없는 세상이어도 지금보다는 수백 배 좋은 세상일 것이다.

막 선잠이 들려는데 조내관이 밖에서 부르는 소리가 들려왔다.

"도원수가 들었사옵니다."

"들어오시라 하게."

"예, 전하."

조내관이 문을 열었는지 찬바람이 살짝 들어왔다.

산 속은 아직 시원했다.

어쩔 때는 너무 시원해 감기에 걸릴 지경이었다.

조내관이 문 연으로 권율이 들어왔다.

권율 역시 무척 피곤해 보이는 모습이었다.

핏발이 잔뜩 선 눈을 억지로 뜨고 있는 것이 분명했다.

권율은 절도 있게 군례를 취하고 고개를 숙였다.

"전장정리가 모두 끝났사옵니다."

이혼은 흐트러진 의관을 정제했다.

중요한 얘기였으니 미리 예의를 갖출 필요가 있었다.

"말해보시오. 먼저 사상자의 숫자부터."

"전사자는 1천, 중상자는 1천, 경상자는 3천이옵니다."

전사자와 중상자는 당연히 이번 전쟁에 다시 참여하지 못했다.

하루 전투로 병력의 1할을 잃은 셈이다.

그냥 1할이 아니었다.

이곳에서는 숫자일지 모르지만 그들은 누군가의 아버지였다. 그리고 누군가의 아들이었으며 누군가의 형제와 친구였다.

천여 명에 이르는 아까운 생명이 사라졌으며 며칠 내로 그와 비슷한 숫자의 생령이 또 사라질 것이다. 기적이 벌어지지 않는 한, 지금 의료기술로는 중상자가 회생하기 힘들었다.

관자놀이를 짚은 이혼은 고개를 들었다.

"왜군은?"

"4만에서 5만이 죽거나, 크게 다친 것으로 보이옵니다."

교전비가 20대1, 혹은 그 이상이라는 말이었다.

교전비는 말 그대로 아군 한 명이 희생당할 때 적군이 몇 명 죽었는지를 가리키는 비율이었다. 교전비가 클수록 압도적인 승리를 거두었다는 말이니 오늘의 전투는 대승이었다.

의심할 여지가 없었다.

그러나 이혼은 마음을 놓지 않았다.

왜군 잔당은 여전히 조선의 강토에 남아있었다.

그들을 완전히 몰아내지 않고선 잠을 편히 이룰 수가 없었다.

이혼의 시선이 침소 탁자에 펼쳐져 있는 지도로 향했다.

이젠 마지막 남은 부산을 수복할 차례였다.

光海錄 9

8장. 조심스러운 진격

光海鑑

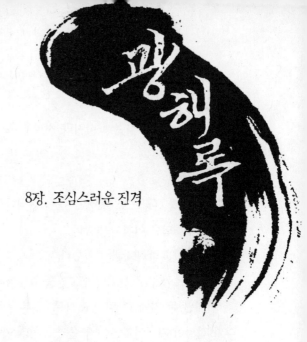

8장. 조심스러운 진격

이혼은 권율에게 의견을 구했다.

"왜군이 어떻게 나올 거 같소? 도원수의 생각을 말해주시오."

생각을 정리하는지 잠시 말이 없던 권율은 이내 고개를 들었다.

"소장은 두 가지 중 하나일거라 보옵니다."

권율의 대답에 이혼은 그답다는 생각을 하였다.

권율은 신중한 성격이었다.

신중한 면이 지나쳐 냉정한 사람처럼 보일 때도 아주 많았다.

이혼은 고개를 끄덕이며 말하라는 듯 손을 내밀었다.

잠시 목청을 가다듬은 권율은 지도에 있는 부산성을 가리켰다.

"우선 부산성에 집결해 마지막 저항을 할 가능성이 있사옵니다."

"두 번째는?"

"지금 당장 본국으로 돌아가는 것이옵니다."

권율의 대답은 이치에 맞았다.

그리고 이혼의 생각과 일치했다.

이혼은 조금 뜸을 들이다가 고개를 끄덕였다.

"어쩌면 두 가지 다 일지도 모르오. 부산성에서 저항하다가 전황이 기울어지면 배에 올라 도망칠 가능성이 있지. 도요토미 히데요시가 아직 멀쩡히 살아 있으니 정당한 명분 없이 도망치면 처벌을 받거나, 비난을 들을 가능성이 있으니."

권율은 고개를 돌려 이혼의 얼굴을 응시했다.

"어떻게 하시겠사옵니까?"

"으음."

숨을 한차례 깊숙이 삼킨 이혼은 자리에서 일어나 군막에 달려 있는 창문을 열었다. 군막의 창문은 당연히 나무와 유리로 만들지 않았다. 부피를 줄이기 위해 둘둘 말아서 수레에 실어야하는데 유리와 나무로 만들면 그럴 수가 없었다.

그래서 군막의 창문은 가죽 천을 올렸다가 내리는 식이었다.

천을 걷으면 밖이 보이는 구조였다.

보안이 필요할 일이 있을 때나, 겨울처럼 날씨가 추울 때는 창문에 달려 있는 가죽 천을 내려 밑에 있는 고리에 묶었다.

그러면 밖에서 안을 보는 게 불가능했다.

그리고 안에서 밖을 보는 것 역시 불가능했다.

이혼은 창문에 달린 끈을 당겨 밖을 내다보았다.

보름달의 청초한 달빛이 온 산하를 검은빛이 도는 푸른 색으로 물들였다. 시선을 조금 내리니 푸른 달빛 속에 석상처럼 서서 사방을 경계하는 금군청 소속 금군의 모습이 보였다.

금군은 2교대로 돌아가며 이혼을 지켰다. 평상시에는 3교대로 돌아가며 근무하기에 체력에 여유가 다소 있었다. 그러나 전시에는 사람이 항상 부족해 2교대로 돌아가며 왜군의 자객으로부터 조선의 군왕을 보호했다. 전투에 직접 참여하지만 않을 뿐이지, 고생하는 것은 모두 마찬가지인 것이다.

고개를 돌린 이혼은 권율의 질문에 답을 했다.

"왜군이 두 가지 방법을 다 사용할 가능성이 있다면 둘다 대비하는 게 좋을 것이오. 놈들이 살아서 조선 땅을 빠져나가게 해서는 안 되니 통제사에 연락해 해상을 차단하라 하시오. 예정보다 빠르기는 하지만 서둘러서 나쁠 게 없소."

"그럼 신이 통제사에게 전하 대신 전갈을 넣겠사옵니다."

도원수와 통제사는 같은 품계였다.

조선 군대의 총사령관은 당연히 군왕이었다.

군왕의 권력이나, 시대상황에 따라 영향력이 준적도 있고 늘어난 적도 있지만 어쨌든 군대는 군왕의 명을 따라야 했다. 군을 1킬로미터 움직이더라도 군왕의 재가를 받아야 했다.

왕조시대에 장수가 군을 함부로 움직이는 행위는 역모에 해당했다. 그 사실이 군왕의 귀에 들어가는 순간, 그 장수는 역심을 품은 것으로 간주당해 패가망신을 면하지 못했다.

군왕 다음에는 병조판서가 병권을 쥐었다.

병조판서보다 품계가 높은 관원은 여럿 있지만 병권을 쥔 관직은 지금의 국방부장관에 해당하는 병조판서 밖에 없었다.

군왕, 병조판서 다음에는 육군의 수장과 수군의 수장이 있었다.

육군의 수장은 도원수, 수군의 수장은 통제사라 호칭했

다. 그리고 현재 조선의 도원수는 권율, 통제사는 이순신이었다.

그래서 권율이 자신의 이름이 아니라, 이혼의 이름을 대겠다고 한 것이다. 권율의 이름을 내세우면 개인적인 부탁이나, 지원요청이 되지만 이혼의 이름을 대면 그건 군령이었다.

그렇다고 권율이 자기 마음대로 이혼의 이름을 팔고 다닌 건 아니어서 지금처럼 이혼에게 먼저 허락을 구하고 움직였다.

역시 신중한 언사와 행동이었다.

이혼은 고개를 끄덕였다.

"그렇게 하시오."

해상봉쇄를 처리한 권율은 재차 물었다.

"육군은 어떻게 움직이는 게 좋겠사옵니까?"

"어차피 부산성에서 농성해보았자 별 소용이 없을 테니 천천히 움직이도록 합시다. 오늘 전투로 다들 피곤할 테니 푹 쉬는 게 좋겠소. 병사들은 기계가 아니니 휴식이 필요하오."

권율은 일어나 군례를 취했다.

"성은이 망극하옵니다!"

"도원수도 피곤할 터이니 어서 가서 쉬도록 하시오."

"예, 전하. 소장은 이만 물러가겠사옵니다."

권율은 뒷걸음질로 물러서다가 문 앞에서 몸을 돌려 나갔다.

역시 문관출신답게 거친 무관들과 달리 왕실예법에 밝았다.

빈 탁자에 홀로 앉아 생각을 정리하던 이혼은 침상에 누웠다.

그가 오늘 병사처럼 생사가 오가는 격전을 치른 것은 아니다. 그러나 피곤하기는 마찬가지여서 곧 깊은 잠에 빠졌다.

다음 날, 눈을 뜬 이혼은 멍한 얼굴로 침상에 누워있었다. 방금 전 눈을 감은 것 같은데 다시 눈을 뜨니 아침이었다.

이혼은 침상을 내려와 막사 문으로 걸어갔다.

또 다른 하루의 시작이었다.

이혼은 작열하는 태양에 적응하기 위해 눈을 가자미처럼 가늘게 떴다. 그리곤 해를 비스듬히 보았다. 눈을 몇 차례 더 깜박이니 뿌옇게 보이던 경관이 점차 제 모습을 찾아갔다.

하늘은 아주 맑았다.

비가 내릴 조짐이 전혀 없었다.

군이 기동하는 데는 편하겠지만 농부가 걱정이었다.

지금은 벼를 심기 위해 농부들이 논에 물을 대야하는 시기였다. 그리고 밭에 심는 작물 역시 물을 흠뻑 주어야 쑥쑥 자랄 터였다. 한데 초여름 가뭄이 생각보다 아주 지독했다.

이혼은 도성에 있는 조정을 걱정했다.

유성룡, 이원익 등이 어련히 잘하겠지만 그는 400킬로미터 떨어진 남쪽에 있어 답답하기 짝이 없었다. 조정에서는 하루 단위로 관원을 보내 돌아가는 상황을 그에게 알려주었다.

다행히 그동안의 보고에는 가뭄에 대한 걱정이 들어있지 않았다. 그러나 신뢰하기 힘든 보고였다. 유성룡이 거짓말한다는 게 아니었다. 이혼에게 보고하기 위해 도성을 출발한 관원이 가뭄이 들기 전에 출발했을 가능성이 높았던 것이다.

도성을 출발해 그가 있는 곳으로 오려면 보름 가까이 걸렸다. 즉, 어제 도착한 관원은 15일 전의 소식을 가져온 것이다. 그리고 오늘 일어난 일의 보고는 15일 후에 도착한다.

팔도에 심한 가뭄이 찾아와 올해 농사를 망치기 직전이라는 소식을 가진 관원이 지금쯤 대구 어딘가에 있을지 몰랐다.

그러나 그가 이곳에서 할 수 있는 일은 없었다.

400킬로미터 밖의 일이었다.

지금은 유성룡을 믿는 수밖에 다른 방도가 없었다.

근위사단은 다른 날보다 조금 늦게 일어나 일과를 시작했다.

이혼이 어제 내린 지시 덕분이었다.

병사들은 오랜만에 늦잠을 잤다. 그리곤 해가 중천으로 움직이기 시작할 무렵 일어나 아침식사를 준비했다. 병사들은 시간을 들여 천천히, 그리고 여유롭게 아침식사를 마쳤다.

해가 중천에 뜬 정오 무렵.

언제든 출발이 가능하게 군막을 비롯한 각종 집기를 수레에 모두 적재한 조선군은 강행정찰연대의 정찰보고를 기다렸다.

이혼은 그늘 밑에 들어가 부채로 바람을 부치며 주위를 보았다. 땀을 흘리며 경계 중인 금군의 모습이 가장 먼저 보였다.

"금군대장!"

금군대장 기영도를 부른 이혼은 금군에게 잠시 휴식을 주라 명했다. 잠시 고민하는가싶던 기영도는 금군의 경계 병력을 3분의 1로 줄였다. 그리고 나머지 3분의 1일은 돌아가며 이혼을 호위하기로 하였다. 지킬 것은 지키자는 주의였다.

나머지 금군은 근처에 있는 시원한 나무 그늘 속에 들어가 땀을 식혔다. 지금부터는 야외활동이 불편한 계절이었다.

농번기의 농부마저 한여름에는 낮일을 피하는 게 상책이었다.

탈수나, 일사병에 걸리기 쉬워 선선한 아침과 저녁에 일을 몰아서했다. 수천 년 동안 몸으로 체득해 알아낸 방법이었다.

뜨거운 바람이 남쪽에서 불어왔다.

사우나에 들어온 듯 몸이 후끈 달아올랐다.

군복 위에 걸친 방탄조끼와 머리에 쓴 철모는 솥처럼 뜨겁게 달궈져 몸에 있는 수분을 몸 밖으로 끌어내려 애를 썼다.

사람은 일정양의 수분을 항상 몸 안에 간직해야했다.

숨을 쉬지 못하면 빨리 죽는다. 그러나 물을 마시지 못해도 죽는 것은 매한가지였다. 다만, 시간이 좀 더 걸릴 뿐이었다.

이혼은 수통 마개를 열어 입에 가져갔다.

미지근한 물이 식도를 데우며 위 속으로 내려갔다.

잠시 한숨을 쉰 이혼은 벌떡 일어나 스트레칭을 하였다.

이혼의 갑작스러운 행동에 긴장했던 내관과 금군은 이내 다시 원래 표정으로 돌아갔다. 뒷짐을 쥔 이혼은 남쪽을 보다가 다시 고개를 옆으로 돌려 서쪽방면의 백양산을 보았다.

연두색보다는 녹색에 더 가까운 숲이 시야에 가득 들어왔다.

마치 녹색 물감을 계속 덧칠한 거 같은 풍경이었다.

몸은 여전히 뜨거웠지만 눈은 조금 시원해지는 느낌을 받았다.

눈이 아플 때 멀리 보는 게 좋다거나, 아니면 눈에 자극이 덜 가는 녹색과 파란색을 자주 보는 게 좋다는 말이 이해갔다.

이혼의 시선이 백양산 기슭에서 하늘로 조금 올라갔다.

무덤의 봉분처럼도 보이고 어쩔 때는 낙타 등에 튀어 나온 혹처럼 보이는 백양산의 작은 봉우리들이 시야에 들어왔다.

이혼은 낙타 등에 있는 혹보다는 봉분이 더 어울린다는 생각이 들었다. 백양산전투 중에 죽어간 병사의 수가 아군과 적군을 다 합치면 몇 만이 넘었다. 겉모습은 여전히 녹색으로 보이지만 그 안에 들어서면 피처럼 붉은색이 있으리라.

전체적으로 아주 조화로운 풍경이었다.

다만, 불을 지른 북동쪽기슭이 검은색으로 변해 조금 아쉬웠다.

여름의 냄새는 후각을 자극하는 묘한 맛이 있었다.

소금기가 섞인 비릿한 냄새였다.

습기가 많은 해안근처에 머무를 때 자주 맡는 여름 냄새였다.

1594년 여름, 그는 부산진성에서 이 냄새를 맡아본 적 있었다.

이혼이 과거의 추억을 막 떠올렸을 무렵.

전방에 먼지구름이 짙게 올라오는 모습이 보였다.

강행정찰연대의 전령이 온 모양이었다.

얼마 후, 도원수 권율이 말을 몰아 급히 달려왔다.

"워워."

고삐를 당긴 권율은 근처에 있는 금군에게 이혼의 위치를 확인했다. 그리곤 말에서 훌쩍 뛰어내려 고삐를 부관에게 주었다. 잠시 서서 군복에 묻은 먼지를 탈탈 털어낸 권율은 바로 그늘 밑에 있는 이혼에게 달려와 한쪽 무릎을 꿇었다.

"전하, 강행정찰연대가 방금 전갈을 보냈사옵니다!"

"왜군의 위치를 확인했소?"

"확인은 못했사오나 부산으로 가는 길목이 비어있는 것은 보았사옵니다. 소장의 소견으론 부산진성에 있는 듯하옵니다."

이혼의 시선이 부산이 위치한 남동방향으로 돌아갔다.

"전 군에 명해 부산으로 출발하라 하시오. 길목이 비어있기는 하나 사람 일은 모르니 경계에 만전을 기하도록 하시오."

"명심하겠사옵니다."

권율은 부관이 가져온 말에 올라 남쪽으로 사라졌다.

"으음."

잠시 기지개를 편 이혼은 조내관이 데려온 흑룡 위에 올랐다.

그리곤 손바닥으로 해 가리개를 만들어 전방을 살폈다.

전방 부대부터 차례대로 기동을 시작했다.

언제나 그렇듯 황진의 1연대가 먼저 부산으로 행군을 시작했다. 그리고 그 다음에 좌우군을 맡은 2연대와 3연대가 움직였다. 이혼이 있는 중군은 그 다음이었다. 중군은 규모가 가장 커 마치 거대한 거인이 앉아 있다가 일어서는 거처럼 모든 게 천천히 이루어졌다. 본부연대를 시작으로 포병연대와 항왜연대, 5연대 등이 같이 움직였다. 그리고 마지막에 이혼이 있는 금군이 움직였으며 후군을 맡은 6연대가 백양산에 가장 늦게까지 남아 있다가 중군 뒤에 따라붙었다.

날은 여전히 무더웠다.

10여 킬로미터를 빠르게 이동한 이혼은 흑룡의 고삐를 죄었다.

"잠시 쉬고 가세나."

이혼의 말에 모든 부대가 그 자리에 정지했다.

군왕이 쉬겠다는데 누가 말리겠는가.

이혼은 왜군의 기습에 대비해 강행정찰연대를 촘촘히 배치했다. 그리곤 그 안으로 전초를 세워 방비를 철저히 하였다.

이혼은 그늘에 들어가 나무그루터기에 털썩 앉았다.

비단천으로 만든 간이의자를 가져오던 조내관이 깜짝 놀랐다.

"전하, 의자에 앉으시옵소서."

"괜찮소."

손을 들어 조내관을 물리친 이혼은 흑룡이 땀을 흘리며 땡볕 아래 서있는 모습을 보았다. 이혼은 그 즉시 고삐를 잡은 젊은 내관을 그늘 쪽으로 불러 같이 쉬도록 조치해주었다.

"체력을 보충해둬라. 전투는 아직 끝나지 않았다."

이혼은 자신의 지시를 근위사단 장병에게 전달했다.

2, 30분 더위를 피한 이혼은 다시 말에 올라 남쪽으로 내려갔다. 얼마 지나지 않아 가토 기요마사와 마에다 도시이에가 주둔한 선암사가 나타났다. 이혼은 혹시 몰라 병력을 먼저 보냈다. 선암사는 엉망이었다. 제 위치에 있는 탑과 불상이 거의 없었다. 거기에 왜군이 남긴 오물이 경내 곳곳에 널려있어 다 치우려면 며칠이 걸릴지 모르는 상황이었다.

이혼은 선암사 남쪽을 지나 감물리(甘物里)에 진채를 내렸다.

오늘 행군은 끝이었다.

조심스럽게 행군할 생각이었다.

그 날 밤, 본대보다 빨리 부산진성 근처에 도착한 강행정찰연대는 성 주변에 왜군이 없다는 사실을 본대에 알려왔다.

이혼은 다음 날 일찍 출발준비를 서둘러 범내골 근처에 이르렀다. 범내골을 출발해 남쪽으로 1킬로미터 더 내려가면 부산진성이 나왔다. 그야말로 왜군 코앞에 도착한 셈이었다.

"범내골에 진채를 세워라!"

이혼의 명에 병사들은 근처에 있는 나무를 베어와 진채를 세웠다. 기병을 막기 위한 대(對)기병용 말뚝부터, 왜군의 종심돌파를 방지하기 위한 지그재그모양의 목책을 건설했다.

"강행정찰연대를 넓게 퍼트려 왜군의 동향을 계속 감시하라!"

"옛!"

"왜군이 이 틈을 노려 야습해올 가능성이 있다! 각 연대는 대대단위로 작전에 들어가 불의의 기습에 대비하도록 하라!"

"옛!"

"포병연대는 언제든 움직일 수 있게 준비하라!"

"옛!"

모든 명을 내린 이혼은 지휘권을 권율에게 넘겼다.

그리곤 공병대가 만든 막사에 들어가 휴식을 취했다.

저녁 점고를 마친 권율의 보고를 끝으로 이혼은 잠이 들었다.

전이었으면 긴장해 잠 한 숨 자지 못했을 것이다.

불과 1킬로미터 남쪽에 왜군이 있었다.

말을 타면 2, 3분에 도착할 거리였다.

그야말로 촌각과 다름없는 시간이었다.

그러나 이혼은 임진년보다 한 단계 성장해 있었다.

분명했다.

임진년처럼 전투 전에 안절부절 못하는 성격은 이제 아니었다.

그 날 밤은 조용히 지나갔다.

다음 날 아침, 국정원장 강문우가 전갈을 보냈다.

강행정찰연대는 말 그대로 수색정찰이 그들의 임무였다.

왜군이 주둔하는 부산진성 주위를 수색하며 왜군의 동향을 파악하는 일에 주력했다. 반면, 국정원은 첩자를 왜군에 직접 잠입시켜 부산진성 안의 상황을 파악하는데 주력했다.

강문우 말에 따르면 왜군은 현재 세 개 파벌로 나뉘어있었다.

이미 패한 전쟁이니 빨리 철수하자는 쪽이 가장 많은 수를 차지했다. 그리고 반대쪽은 지금 물러서면 도요토미 히데요시의 진노를 살 거라며 더 싸워야한다는 주장을 펼쳤다.

마지막 세 번째는 백양산전투를 패하기 무섭게 이미 철수해버린 쪽이었다. 백양산전투를 통해 패배를 직감한 것이다.

첫 번째 주장을 펼치는 영주는 우에스기 카게카츠였다.

그는 조선에 사신을 보내 화의를 청한 다음, 안전하게 철수하거나, 아니면 조선군이 부산에 도착하기 전에 비밀리에 철수하자는 주장을 강하게 펼쳤다. 물론, 우에스기 카게카츠의 생각이 아니라, 참모 나오에 가네쓰구의 생각이었다.

그리고 두 번째 주장을 펼치는 영주는 가토 기요마사였다. 가토 기요마사는 도요토미 히데요시에게 물어본 후에 철수해야한다는 주장을 펼쳤다. 즉, 도요토미 히데요시가 철수하란 명령을 내리기 전까지는 철수하지 못한다는 입장이었다.

마지막 세 번째 주장을 펼친 영주는 다테 마사무네였다.

사실, 주장이라기보다는 일방적인 통고에 가까웠다.

다테 마사무네는 백양산전투 직후 선암사를 거쳐 부산진성으로 퇴각했다. 그리곤 본국에 지원을 요청한다는 구실을 내세워 몰래 본국으로 철수해버렸다. 뒤늦게 이 소식을 접한 우에스기 카게카츠와 가토 기요마사가 길길이 날뛰었으나 이미 다테 마사무네를 태운 배는 부산포를 떠난 후였다.

이혼은 입맛을 다셨다.

임진년에는 적지 않은 왜국 영주가 목숨을 건져 본국으로 돌아갔지만 이번 정유년에는 모두 조선에 뼈를 묻게 할 생각이었다. 한데 눈치 빠른 다테 마사무네는 이순신의 수군이 포위망을 갖추기 전에 미꾸라지처럼 본국으로 도망쳐버렸다.

그러나 쏟아진 물을 다시 주워 담을 수는 없는 노릇이었다.

지금은 남아있는 적에 집중할 때였다.

총사령관 마에다 도시이에가 함정에 빠져 분사한 직후 명성과 병력 두 가지 모두 우위를 차지한 우에스기 카게카츠가 총지휘를 맡았는데 가토 기요마사가 사사건건 불복하였다.

이대로 퇴각하면 배를 갈라 할복하겠다는 가토 기요마사의 협박에 우에스기 카게카츠는 조선군이 코앞에 당도한 지금까지 결정을 내리지 못한 상태였다. 왜군의 유일한 수군장수 도도 다카토라 역시 심정적으론 가토 기요마사 쪽이었다.

이런저런 이유로 왜군은 뒤늦게 농성결정을 내렸다.

굳은 의지로 그런 결정을 내린 게 아니라, 퇴각할 기회를 놓쳐 하는 수 없이 내린 결정이었다. 왜군의 사기는 떨어질 대로 떨어져 전투를 지속할 의지가 거의 없을 지경이었다.

왜군의 내부사정을 들은 이혼은 막사에 회의를 열었다.

마지막 결전에 앞서 작전을 설명하는 자리였다.

이혼은 당연히 상석의 옥좌에 앉았다.

허름한 의자였지만 군왕이 앉으면 그게 바로 옥좌였다.

이혼 좌우에는 도원수 권율, 근위사단 사단장 권응수가 앉았다.

원래 권응수자리에는 삼도수군통제사 이순신이 앉아야 했으나 그는 해상작전을 지휘해야 해서 몸을 뺄 여유가 없었다.

권응수 다음에는 계급과 보직에 따라 앉았다.

1연대장 황진, 2연대장 정기룡, 3연대장 정문부, 5연대장 국경인, 6연대장 김덕령, 항왜연대장 웅태, 포병연대장 장산호, 본부연대장 장윤, 강행정찰연대 연대장 최배천 등 근위사단 최고위급 장교가 빠지는 사람 하나 없이 모두 참석했다.

이혼은 입을 열기 전에 잠시 숨을 골랐다.

"그 동안 노고가 많았소! 장수들의 분전이 없었으면 과인 혼자서는 결코 이런 결과를 내지 못했을 것이오! 이제 끝이 멀지 않았으니 모쪼록 마지막까지 최선을 다해주길 바라오!"

장수들은 즉시 고개를 숙였다.

"황송하옵니다!"

장수들에게 고마운 마음과 당부를 동시에 전한 이혼은 도원수 권율을 보았다. 이미 작전은 어제저녁 권율과 상의 해 미리 마련해둔 터였다. 사실, 딱히 복잡한 작전은 아니 었다.

이혼은 손바닥이 위로 가게 만들어 권율을 가리켰다.

"도원수가 작전을 설명해주시오."

"예, 전하."

대답한 권율은 지휘봉으로 벽에 걸린 지도를 가리켰다.

"다들 알겠지만 이곳이 부산진성이오. 현재는 2만에서 2만5천 명의 왜군이 있는 것으로 파악 중이오. 우리가 대 구와 밀양, 그리고 이곳 백양산까지 상당히 빠른 속도로 진격해왔기에 전처럼 부산진성을 왜성으로 개조하지는 못 했을 것이오. 즉, 그 말은 여전히 취약한 지점이 많다는 뜻 이니 공성은 어렵지 않을 것이오. 우선 포병연대가 남쪽으 로 조금 내려가 이 지점에 포를 전개하오. 이 지점을 기억 해두시오."

장수들의 시선이 지도와 권율의 손가락을 바삐 오갔다.

특히, 호명을 받은 장산호는 눈이 찢어질듯 지도를 쳐다보았다.

높이가 그리 높지 않은 언덕으로 범내골과 부산진성 북문 사이에 위치했는데 언덕 정상에 자리한 공터가 제법 넓었다.

장산호는 군례를 올리며 대답했다.

"알겠습니다!"

"좋소. 그 다음은 보병의 배치요! 1연대는 전처럼 전군을 맡아 포병연대를 보호할 것이오! 그리고 언덕 좌우에는 2연대와 3연대, 정상엔 항왜연대가 들어가 포병을 보호할 것이오!"

호명을 받은 장수들이 연달아 대답했다.

권율은 마지막으로 아직 임무가 없는 장수들에게 명을 내렸다.

"5연대와 6연대는 후군을 맡아 예비대로 대기할 것이오! 반격이 거셀 경우, 5연대와 6연대가 나머지 부대를 지원할 것이오!"

5연대장 국경인과 6연대장 김덕령이 거의 동시에 대답했다.

"옛!"

권율의 지시가 이어졌다.

"강행정찰연대는 지금처럼 왜군 동향을 감시하는데 이

번에는 북묵이나, 서문근처가 아니라, 바다와 면한 남문과 동문을 중점적으로 감시하시오! 왜군이 퇴각하면 바로 보고하시오!"

강행정찰연대장 최배천이 쩌렁쩌렁한 목소리로 크게 대답했다.

"명심하겠습니다!"

권율은 마지막 남은 본부연대장 장윤에게 명했다.

"본부연대는 다른 부대를 지원함과 동시에 주상전하의 호위에 만전을 기하도록 하시오! 외부 방어선이 뚫리면 가장 먼저 장군에게 책임을 물을 것이니 장군은 이를 명심하도록!"

장윤은 긴장한 표정으로 대답했다.

"예, 장군!"

지시를 마친 권율은 이혼에게 고개를 돌렸다.

"하실 말씀이 더 있으시옵니까?"

이혼은 손을 허공에 저었다.

"없소."

"그럼 이만 장수들을 해산시키겠사옵니다."

이혼은 고개를 끄덕였다.

일어나 군례를 취한 장수들은 자기 부대로 돌아갔다.

어쩌면 이 전투가 이번 전쟁의 마지막 전투일지 몰랐다.

최소한 육군이 벌이는 마지막 전투임은 분명해보였다.

장수들은 부대에 돌아가 병력을 점고했다.

그리고 내일 작전에 대한 세부사항을 각급 장교와 상의했다.

네 명의 대대장과 연대 참모부 소속 참모들이 그 대상이었다.

도원수부가 내리는 명령은 개괄적이었다.

언제, 어떻게 하라는 명령만 내릴 뿐이지, 연대에 있는 각급 부대의 이동경로나, 이동방법에 대한 지시는 따로 없었다.

이런 것을 정하는 사람은 각 연대의 연대장이었다.

연대장은 참모부 참모, 그리고 대대장과 상의해 이동방법과 경로를 결정했다. 그러면 대대장은 다시 자기 대대에 돌아가 대대 간부와 대대에 있는 중대장을 소집해 통보하였다.

여기선 도원수부가 연대에 명을 내릴 때와 비슷했다.

상의 대신, 통보만 있을 뿐이었다.

작전 세부사항은 연대회의를 통해 결정이 모두 끝났다.

중대장은 자기 중대에 돌아가 소대장을 소집했다.

그리고 같은 방법으로 소대장은 분대장을 소집해 연대가 지시한 내용을 전달했다. 그러면 마지막으로 분대장이 자기 분대원 열 명을 불러 상부의 지시를 병사들에게 하달했다.

육군의 정점인 도원수부터 몇 달 전에 입대한 신병까지 내일 작전이 무슨 의도인지, 어떠한 방식으로 이루어지는지 상세히 파악했다. 이게 바로 이혼이 원하는 하향식 체계였다.

전에는 일반 병사의 경우, 그들이 왜 이런 작전을 해야 하는지 모르는 채 싸우는 경우가 허다했다. 장수는 병사에게 계획을 알려주지 않았다. 병사들이 배신하면 작전이 새어나갈지 모른다는 판단을 했거나, 아니면 체면 때문에 병사에게는 상세한 내용을 전파하지 않았을 가능성 역시 있었다.

어쨌든 지금의 조선군은 예전의 조선군이 아니었다.

주먹구구식 군대는 이제 더 이상 존재하지 않았다.

다음 날 병사들은 알아서 움직였다.

이들은 징병당한 청년이 아니었다.

자기 의지로 자원해 입대한 전투 전문가였다.

각 부대는 출발위치에 모여 다시 작전에 대한 설명을 들었다.

어려울 게 없는 작전이었다.

이보다 수십 배 어려운 작전마저 제법 잘 해낸 그들이었다.

금정산전투나, 백양산전투가 어려운 전투였다.

몇 배의 적을 상대로 톱니바퀴처럼 맞물리며 대승을 일구었다.

군대의 속설 중 유명한 게 하나 있었다.

훌륭한 작전도 5분이 지나면 무용지물로 변한다는 말이었다.

그 만큼 지도를 보며 세운 작전은 실전에 잘 통하지 않았다.

2차 세계대전 말미에 일본 해군은 아주 세세한 작전을 세우기로 유명했다. 그러나 그 작전이 초반부터 삐끗하면 손써볼 틈 없이 대패하고 말았다. 임기응변이 떨어지는 것이다.

이혼은 연대장, 혹은 대대장에게까지 재량권을 주었다.

이미 수년 간 전쟁을 경험한 전문가인지라, 작전을 아주 세밀하게 세워 통보하는 방식보다 알아서하는 게 효과적이었다.

지금까지 그 방법은 아주 잘 통했다.

오늘 아침 역시 그러했다.

이혼은 내관이 가져온 흑룡의 갈기를 쓰다듬었다.

먹이를 먹는 중인지 흑룡의 턱이 규칙적, 반복적으로 돌아갔다.

이혼은 내관이 준 빗으로 엉켜있는 흑룡의 갈기를 빗겨주었다.

절대적인 것은 아니지만 사람과 짐승의 관계에 있어 가장 중요한 것들은 같이 보내는 시간이 얼마인지에 달려있었다.

사람은 함께 한 시간이 아주 짧아도 평생 사겨온 친구처럼 친해지는 경우가 있었다. 반대로 수십 년을 같이 지내도 앙숙보다 못한 사이로 발전하는 경우도 있었다. 그러나 사람과 짐승의 관계에서는 극단적인 경우가 아주 드물었다.

같이 보낸 시간의 절대적인 양만큼 가까워지는 게 사실이었다.

이혼은 자신의 군마와 시간을 많이 보내려 애썼다.

그래야 중요한 시기에 그를 도와줄 확률이 높아졌다.

마음에 들지 않는 주인이라면 그들에게 위험이 닥칠 때 몸을 세차게 흔들어 떨어트리곤 혼자 도망칠지 모르는 일이었다.

흑룡은 기분이 좋은지 잇몸을 드러내며 푸드드거렸다.

건초를 씹는 중이었는지 단단한 이빨 사이에 풀 조각이 보였다.

빗을 내관에게 돌려준 이혼은 흑룡의 오른쪽 옆에 직각으로 섰다. 그리곤 양 팔로 말안장 양쪽 끝을 힘껏 잡아당겼다.

그와 동시에 군화를 신은 오른발 앞을 등자에 끼워 반 바퀴 감았다. 등자에 힘을 싣기 위해 기병이 쓰는 방법이었다.

안장은 당겼다.

그리고 동시에 등자에 건 오른발에 힘을 잔뜩 주었다.

마치 허공을 밟듯 몸을 일으켜 세운 이혼은 재빨리 몸을 틀어 다리를 벌렸다. 그리곤 안장 위에 엉덩이를 내려놓았다. 안장 위였지만 살아있는 짐승의 느낌이 온몸에 전해졌다.

이혼의 승마(乘馬)는 물이 흐르듯 자연스러웠다.

처음 그는 말을 탈 줄 전혀 몰랐다.

아니, 말을 두려워했다.

말은 수백 킬로그램이 넘는 육중한 짐승이었다.

그런 말에 깔리거나, 뒷발에 차이면 최소 중상이었다.

그러나 지금은 자동차보다 말이 더 편했다.

엉덩이와 허벅지에 생긴 굳은살은 덤이었다.

왼손으로 고삐를 잡아 엄지와 검지사이의 움푹 파인 곳에 한 바퀴 감은 이혼은 왼발로 말 배 옆을 더듬어 왼쪽 등자를 찾았다. 곧 왼쪽 등자가 왼발에 걸리며 균형을 잡았다.

이혼이 생각하기에 전쟁의 역사를 바꾼 물건은 세 가지였다.

하나는 활이었다.

활이 생겨남으로 인해 몽둥이나, 나무창으로 싸우던 원시인은 마침내 돌팔매질보다 훨씬 강력한 원거리무기를 찾아냈다.

활은 중세까지 전장의 제왕으로 군림했다.

지금은 활을 스포츠나, 레저 등에 이용했다.

두 번째는 이혼이 지금 발에 건 등자였다.

인간이 말을 길들이기 시작한 것은 수천 년 전이었을 것이다.

그러나 보편적인 의미의 기병이 생겨난 지는 3천년이 넘지 않았다. 등자를 발명하기 전에는 말을 길들여 운송수단이나, 통신수단으로 사용했다. 전장에서도 가끔 사용했을 테지만 지금처럼 기병으로 돌격하는 광경은 거의 없었을 것이다.

아무리 균형을 잘 잡는 사람이라도 말 위에서는 힘들었다. 그리고 힘을 제대로 쓰지 없었다. 발을 지탱해줄 게 없었던 탓이었다. 그러나 등자를 발명한 후에는 모든 게 달라졌다.

등자에 발을 거는 게 가능해지면서 마상에서의 전투가 가능해졌다. 기병의 등장이었다. 기병은 천년이 훨씬 넘는 동안 전장을 지배했다. 몽골기병이 세계의 반을 점령할 수 있었던 이유 역시 등자를 잘 이용한 몽골 궁기병이 있어서였다.

인류의 전쟁사를 바꾼 세 번째는 화약이었다.

화약은 대포, 소총, 다이너마이트, 그리고 지금의 포탄이나, 미사일에 이르기까지 폭넓게 이용되어 전쟁의 양상을 바꿨다.

화약이 있기 전에는 상대의 호흡소리를 들을 수 있을 만큼 가까운 거리에서 전투가 이루어졌다. 화약이 있기 전에도 활이나, 투석기와 같은 원거리 무기가 있었지만 마무리는 항상 창이나, 칼을 든 보병이 하였다. 그러나 지금은 달랐다.

지금은 버튼 하나로 끝났다.

전투기의 미사일 발사버튼이든, 크루즈미사일의 발사버튼이든 어쨌든 간에 버튼 하나면 누르면 전쟁을 치를 수 있었다.

이혼은 등자에 건 발로 흑룡의 말배를 힘껏 때렸다.

그 즉시, 두 발을 높이 들어 올린 흑룡은 다리가 땅에 닿기 무섭게 앞으로 달려 나갔다. 벌써 전투모드에 들어가 있었다.

아랫배에 힘을 준 이혼은 목청을 높여 소리쳤다.

"전군, 진격하라!"

이혼의 명은 도원수부를 통해 각 급 부대에 전해졌다.

따가운 햇살을 피해 그늘에 들어앉아있던 호랑이가 먹잇감을 발견한 거처럼 근위사단은 곧바로 신속기동에 들어갔다.

역설적이지만 가장 느린 포병연대가 가장 먼저 움직였다. 포병연대는 항왜연대의 물 샐 틈 없는 호위를 받아가며 이혼과 권율이 미리 정해둔 언덕 위로 긴급 전개에 들어갔다.

장관이었다.

장산호가 돌아다니며 고래고래 소리를 질렀다.

"할 일이 없는 병사들은 포차를 밀어라!"

힘이 좋은 황소와 북방의 마장(馬場)들이 길러낸 억센 군마가 입에 흰 거품을 물어가며 무거운 포차를 언덕 위로 끌어올렸다. 포차는 무게를 전부 합칠 경우, 거의 3톤에 육박했다.

사람이 끌어서는 몇 시간이 걸릴 일이었다.

그러나 말과 소를 이용하면 그 시간을 단축하는 게 가능했다.

포병연대 병사들은 두 군데로 흩어졌다.

한 무리는 앞으로 올라가 포차가 올라갈 길을 만들었다.

움푹 파여 있는 장소는 돌을 깔아 바닥과 평평하게 만들었다.

그리고 그 위에 침목과 철로를 깔았다.

침목은 가는 방향과 수직으로, 철로는 수평으로 깔았다.

철로의 길이는 짧은 곳은 5미터, 긴 곳은 10미터에 불과했다.

그 말은 병사들이 아랫돌 빼서 윗돌에 괸다는 속담처럼 포차가 지나간 곳의 철로를 뽑아 이동할 곳에 다시 설치해야한다는 말이었다. 그렇다고 이동방향이 항상 직선은 아니었다.

언덕으로 올라가는 곳에는 길이 따로 없었다.

근처 사는 백성이 걸어 다니며 만든 소로 몇 개가 전부였다.

아마도 언덕 위에 있는 공터에 소나, 염소를 풀어 키웠는지 가는 길에 짐승의 똥이 바싹 마른 채 여기저기 굴러다녔다.

포병연대 병사들은 바위나, 절벽에 막혀 이동하기 힘든 장소에 이르면 옆으로 방향을 크게 들어 다시 정상으로 올라갔다.

힘과 시간이 두 배로 필요했다.

숨이 턱까지 찼을 무렵.

은유적인 표현이 아니라, 정말로 숨이 턱까지 차올랐을 무렵.

포병연대 병사들은 오뉴월 땡볕 속에 있는 개들처럼 헉헉댔다.

포병연대는 대역사의 마지막 고비만을 남겨두었다.

길이는 1미터였지만 각도는 60도가 넘는 급격한 경사였다. 사람이 오갈 때 짐승처럼 네 발로 기어가야하는 곳이었다.

항왜연대장 웅태가 보다 못해 부하들에게 소리쳤다.

"어서 포병을 도와줘라!"

웅태의 말에 항왜연대 병사들은 바로 포차 뒤로 달려갔다. 그리곤 포병연대 병사와 더불어 포차의 뒤를 밀기 시작했다.

"하나, 둘, 셋!"

구령을 맞춘 병사들은 젖 먹던 힘마저 쥐어짜내 포차를 밀었다.

덜컹!

올라갈 듯 보이던 포차의 바퀴가 다시 밑으로 내려왔다.

중력이 이럴 때는 원망스럽기 짝이 없었다.

내려갈 때는 중력이 가장 가까운 친구지만 올라갈 때는 적이었다. 그것도 다시는 상대하기 싫을 만큼 지독한 적이었다.

"다시 한 번 해보자!"

장교의 외침에 병사들은 얼굴을 일그러트리며 힘을 주었다.

길 끝부분의 튀어나온 부분에 걸려 앞뒤로 왔다 갔다 하던 포차의 육중한 바퀴가 마침내 끝부분을 넘어 위로 올라갔다.

그 다음은 쉬웠다.

오히려 힘을 너무 많이 준 나머지 3, 4미터를 혼자 굴러갔다.

허리를 편 병사들은 비 오듯 흐르는 땀을 닦았다.

그러나 이제 1대를 정상으로 올렸을 뿐이었다.

아직 50대에 가까운 포차가 자기 차례를 기다리는 중이었다.

포병들은 밑으로 내려와 두 번째 포차를 밀어 올렸다.

도원수부가 정한 기한은 정오였다.

정오 안에 마쳐야 오늘 안으로 전투를 마칠 수 있었다.

光海錄 9

9장. 시가전(市街戰)

NEO ALTERNATIVE HISTORY FICTION

9장. 시가전(市街戰)

대룡포를 실은 포차 다음엔 신용란이 실린 탄약차(彈藥
車)였다. 탄약차 역시 무겁기는 마찬가지였다. 장산호는
황소와 말로 끌어올리는 게 가능한 지점까진 가축의 도움
을 받았다.

그러나 가축이 힘들어하는 지점부터는 탄약차에 실린
나무궤짝을 하나하나 밖으로 꺼내 정상으로 직접 운반했
다. 궤짝 양편에 굵은 삼베로 만든 손잡이가 있어 두 명이
옮기는 게 가능했다. 당연히 나무궤짝 안에는 신용란이 들
어있었다.

신용란에는 신관과 화약이 같이 들어있어 조심해야했
다.

신관에 안전장치가 있지만 완벽하지 않았다.

병사들은 신용란이 든 나무궤짝을 조심스레 정상으로 옮겼다.

"방열하라!"

장산호의 외침에 각 포를 지휘하는 포반장이 복창했다.

"방열!"

그 즉시, 병사들은 표적을 향해 포구 방향과 각도를 조정했다. 포병연대가 이번에 노리는 표적은 부산진성 북문이었다.

포차가 뒤로 밀릴 것에 대비해 겨냥틀과 겨냥대로 기준을 잡았다. 그리고 울퉁불퉁한 바닥을 삽과 곡괭이로 다져 평탄작업을 마쳤다. 그 후에는 거치대에 쇠말뚝을 박아 고정했다.

작업을 완료한 포대의 포반장이 큰 소리로 보고했다.

"1번포 완료!"

"2번포 완료!"

그런 식으로 50여 문 중 40여 문의 포반이 완료보고를 해왔다.

나머지 10문은 이동 중에, 그리고 이동 후에 문제가 발생해 전력에서 제외했다. 다른 때 같았으면 아까운 전력이겠으나 지금은 40문의 대룡포로 충분히 공략 가능한 목표였다.

이번 목표는 고정된 표적이었다.

야전에서 하는 포격보다는 훨씬 쉬웠다.

장산호는 포병연대의 준비상황을 사단사령부에 전했다.

그 시각, 근위사단 사단장 권응수는 바쁘게 움직였다.

포병이 자리 잡은 언덕을 중심으로 보병연대 배치에 나섰다.

1연대가 가장 먼저 언덕 좌우 양쪽을 돌아 부산진성 북문과 맞닿아있는 언덕 앞에 자리를 잡았다. 왜군이 포병연대 기습하는 작전을 다시 사용할지 몰라 목책을 두텁게 쌓았다.

1연대 다음으로는 2연대와 3연대가 언덕 좌우에 신속전개를 마쳤다. 이 역시 포병연대를 보호하기 위한 진형으로 측면으로 올지 모르는 왜군의 기습에 미리 대비하기 위해서였다.

항왜연대는 처음부터 포병연대와 같이 움직여 따로 움직일 필요가 없었다. 그리고 5연대와 6연대는 언덕과 거리가 좀 있는 후방에 잠시 대기하며 언제든 출전할 준비를 갖췄다.

해가 중천을 지나 서쪽으로 조금씩 기울기 시작할 무렵.

권응수는 도원수부에 전령을 보내 알렸다.

"근위사단 배치 완료했습니다!"

도원수부 통신참모를 통해 권응수의 보고를 받은 권율

은 도원수부 막사를 나와 그 옆에 있는 이혼 막사로 들어 갔다.

이혼은 지도를 보며 무언가를 골똘히 생각 중이었다.

조심스레 상석으로 걸어간 권율이 고개를 숙였다.

"모든 준비가 끝났사옵니다."

고개를 든 이혼은 눈을 감았다가 떴다.

"좋소. 시작하시오."

"예, 전하."

권율은 바로 도원수부에 돌아가 권응수에게 전령을 파 견했다.

그로부터 정확히 1분 후.

펑!

언덕 정상에 자리 잡은 포병연대가 초탄을 발사했다.

40여 발의 신용란이 공중을 비스듬히 날아가다가 중력 의 영향을 받아 점차 완만한 곡선을 그리기 시작했다. 그 리곤 부산진성 북벽을 향해 돌진해 하나둘 폭발하기 시작 했다.

콰콰쾅!

화염이 폭풍처럼 북벽을 휩쓰는 순간.

부산진성 북벽의 성벽에 구멍이 뻥뻥 뚫렸다.

그러나 성벽 자체가 무너질 정도의 피해는 아니었다.

장산호는 두 번째 포탄을 장전하게 하였다.

"전 포대가 재장전을 마쳤습니다!"

부관의 보고에 장산호는 지체 없이 수기를 흔들었다.

두 번째로 발사한 신용란 40여 발이 북벽을 향해 날아 갔다.

콰콰쾅!

연달아 터진 신용란에 간신히 버티던 북벽이 무너졌다.

부산진성은 평지에 쌓아올린 읍성 개념의 평성이어서 성벽이 그리 강하지 못했다. 거기다 정유재란에 대비해 부 산진성의 성벽을 개축하지 않은 관계로 신용란을 견뎌내 지 못했다.

정유재란이 일어나면 왜군이 점령할 공산이 가장 큰 부 산진성을 개축해 왜군 좋은 일 시킬 필요가 전혀 없었던 것이다.

우르르쾅쾅!

먼지와 돌조각이 사방 수십 미터를 하얗게 만들었다.

잠시 후, 부산포를 출발한 바다바람이 부산진성 북벽에 뭉쳐있던 먼지를 몰아냈다. 그 순간, 커다란 구멍이 뚫린 부산진성 북벽이 모습을 드러냈다. 말 그대로 구멍이었다. 그것도 한 사람이 아니라, 수십 명이 드나들 크기의 구멍 이었다.

이 모습을 본 권율은 고개를 돌려 이혼에게 물었다.

"이제 보병을 보내시겠사옵니까?"

이혼은 고개를 저었다.

"세 번 더 발사하라 하시오. 지금 와서 보병을 잃을 순 없소. 신용란이 비싸긴 하지만 사람의 목숨보다 비싸지는 않소."

"예, 전하."

대답한 권율은 언덕 위에 있는 권응수에게 신호를 보냈다. 신호를 본 권응수는 장산호에게 다시 대룡포를 쏘라 명했다.

휘이익!

허공을 가르는 날카로운 포성이 다시 부산진성 북쪽 상공에 울려 퍼졌다. 포탄은 이내 북벽을 넘어 성 안에 떨어졌다.

콰앙하는 폭음이 1킬로미터 가까이 떨어진 막사에까지 들려왔다. 마치 바로 옆에 포탄이 떨어진 듯했다. 포병은 두 차례 더 발사해 성 안을 포격했다. 성 안에 살던 백성들은 피난간지 오래이므로 민간인 피해를 걱정할 필요는 없었다.

불꽃과 시커먼 연기가 부산진성 북쪽을 휘감았다.

초토화였다.

이혼은 그제야 만족한 표정으로 입을 열었다.

"이제 보병을 보내시오!"

"예, 전하."

권율은 권응수에게 직접 보병을 통솔하라 명했다.

얼마 후, 1연대가 중군을, 2연대와 3연대가 좌우군을 각각 형성해 부산진성으로 돌격했다. 권응수는 후군을 맡은 5연대와 함께 움직이며 근위사단 2만 병력 전체를 통솔하였다.

북벽 앞에 도착한 1연대장 황진은 연기가 아직 걷히지 않은 성 안을 살펴보았다. 이대로 돌격하기에는 위험해보였다.

그는 즉시 수색중대장을 불러 수색을 명했다.

눈에 보이는 장소에는 왜군의 움직임이 없었으나 조심해 나쁠 점이 없었다. 돌다리도 두드려본다는 말이 있지 않은가.

1연대 수색중대장은 부하들과 성 안으로 뛰었다.

탕탕!

잠시 후, 황진은 용아의 총성이 간헐적으로 울리는 것을 들었다.

그때마다 움찔했으나 부대를 움직이진 않았다.

3분의 1쯤 남은 북벽에 익숙한 얼굴 하나가 모습을 드러냈다.

수색중대장이었다.

그는 안전하다는 뜻으로 팔을 크게 휘둘렀다.

"가자!"

명을 내린 황진은 1연대 주력을 지휘해 성 안으로 달려 들어가 폐허로 변해버린 북벽 안쪽에 전선을 구축하기 시작했다.

성벽을 쌓는데 사용한 바위와 타다 남은 목재로 방어벽을 설치했다. 그리고 그 위에 사수를 일렬로 세워 적을 경계했다.

1연대가 전선 구축에 성공하는 순간.

권응수는 2연대와 3연대를 내보내 1연대 좌우를 지키게 하였다.

왜군은 뒤로 후퇴했는지 보이지 않았다.

그래도 혹시 몰라 방어선 곳곳에 용염과 화차 등을 설치했다.

오후 2시까지는 아무 일 없이 지나갔다.

정오에 전격적으로 이뤄진 엄청난 포격.

그리고 그 뒤를 이은 보병의 전광석화 같은 진격.

이 두 가지 작전이 빈틈없이 맞물려 돌아가며 성과를 내었다.

왜군은 오후 2시가 막 지난 시점에 반격해왔다.

연기가 피어오르는 가옥 뒤에 숨어 조총을 쏘며 공격해왔다.

그러나 1연대가 만든 방어벽을 돌파하진 못했다.

잠시 후퇴했던 왜군은 재차 산발적인 공격을 해왔다.

병력이 많지 않아 등잔불에 뛰어드는 불나방이 따로 없었다.

왜군의 공세가 다시 사그라질 무렵.

이혼은 북벽 근처에 걸어가 권율에게 명했다.

"보병을 전개시키시오. 오늘 밤 안으로 성을 떨어트려야겠소."

"알겠사옵니다."

명을 받은 권율은 권응수에게 총공격을 명했다.

얼마 후, 1연대가 가장 먼저 방어벽을 나와 앞으로 진격했다.

1연대 1중대 1소대 1분대장 이영곤(李英崑)은 분대원 아홉 명과 우측에 있는 민가로 뛰어갔다. 지금부터는 시가전이었다. 산에서 하는 야전과 비슷하지만 그보단 조금 위험했다.

산에서 하는 야전은 적이 엄폐나, 은폐하는데 어려움을 겪지 않았다. 시가전 역시 그 점은 비슷했다. 적은 담 뒤나, 가옥의 벽 안쪽, 그리고 장독대 뒤에 숨어 매복공격을 해왔다.

그러나 산에서 하는 야전과 시가전은 분명한 차이점이 있었다.

바로 건물 안에 매복이 가능하다는 점이었다.

안전하게 진격하기 위해서는 건물을 하나하나 수색해야 했다.

이영곤은 6개월 전 육군사관학교를 졸업한 장교출신이었다.

병사보다는 전략, 전술에 해박했다.

그는 나이든 노장군이 해주었던 전술 강의를 떠올렸다.

"시가지에서 전투가 벌어지면 공격하는 쪽의 피해가 클 수밖에 없다. 적이 어디서 튀어나올지 모르기 때문이다. 또, 마을에 있는 백성을 생각한다면 피해는 더 커질 수밖에 없다. 아군이 주저하는 사이, 백성을 방패로 삼은 적이 더 잔인한 공격을 해올 것이다. 그러나 백성이 없는 시가전은 오히려 공격자가 편하다. 그때는 화력전으로 나가면 된다."

화력전에는 포를 쏘는 거처럼 대규모의 화력전이 있는가하면 보병이 개인화기로 제압하는 소규모 화력전 역시 있었다.

지금은 소규모의 화력전이 필요한 시기였다.

이영곤은 부하들을 지휘해 황토로 지은 민가의 뒷마당으로 뛰어들었다. 지저분한 곳이었다. 깨진 장독과 감나무 꽃잎이 어지럽게 널려있었다. 이영곤은 민가 뒷벽에 바짝 붙었다.

소곤거리는 목소리가 벽 틈으로 들려왔다.

알아듣지 못하는 말이었다.

그가 경상도 출신인 관계로 왜군과 부산 백성을 헷갈릴

위험은 없었다. 이영곤은 부하 둘을 손가락으로 정확히 지목했다.

사관학교의 다른 교관이 말하길 지시를 내릴 때는 지시를 수행할 부하를 정확히 지목하는 게 좋을 거라고 충고했었다.

그러지 않을 경우, 십중팔구는 그 지시가 제대로 이행되지 않을 거라 하였다. 이영곤은 그 교관의 충고를 훌륭히 따랐다.

사관학교 교관은 살아있는 교보재였다.

이혼을 따라다니며 수없이 많은 전투를 치렀음에도 아직 멀쩡히 살아있었다. 물론, 몇 명은 불구를 피하지 못했지만 목숨을 건진 것만 해도 그들의 능력이 뛰어나다는 증거였다.

그런 사람의 충고를 거절하는 것은 바보 같은 일이었다. 더욱이 그와 같은 초급장교는 그 말을 금과옥조로 삼아야 했다. 그래야 자기 목숨과 부하의 목숨을 같이 지킬 수 있었다.

이영곤의 지목을 받은 두 명이 앞으로 나왔다.

두 명 모두 그의 분대원 중 경험이 가장 많은 병사들이었다.

이영곤은 손가락으로 어깨끈에 달려있는 죽폭을 다시 가리켰다. 그리곤 벽 위에 나있는 작은 창문을 가리켰다.

지목을 받은 부하 두 명은 고개를 끄덕이며 죽폭을 꺼내 쥐었다.

이영곤은 다시 손가락으로 열을 가리켰다.

부하 두 명은 다시 고개를 끄덕였다.

그 두 명을 그 곳에 남겨둔 이영곤은 다른 분대원과 함께 벽을 돌아 앞마당으로 이동했다. 앞마당에는 평상이 있었다.

이영곤은 세 명을 반대편에 있는 감나무 뒤로 보냈다.

그때, 뒷마당에 있던 부하들이 죽폭을 꺼내 방 안에 투척했다.

펑!

폭음과 함께 박살난 방문이 그가 있는 평상 쪽으로 날아왔다.

이영곤은 손에 쥔 용아를 문 쪽에 겨누었다.

탄환은 담을 넘기 전에 장전해둔 상태였다.

부서진 문을 통해 회색 연기가 뿜어져 나왔다.

잠시 후, 그 속에서 몸에 불을 붙인 왜군이 창을 든 채 뛰어나왔다. 화상을 입었는지 머리카락과 옷에 불이 붙어 있었다.

이영곤은 방아쇠울에 걸어놓은 손가락에 힘을 주었다.

탕!

총구가 들림과 동시에 불길에 휩싸인 왜군이 바닥에 쓰

러졌다.

그 후에도 네다섯 명의 왜군이 더 뛰어나왔으나 대기하던 이영곤의 부하들에게 당해 바닥에 쓰러졌다. 민가를 처리한 이영곤은 불길에 휩싸인 민가의 정문을 통해 밖으로 나왔다.

곳곳에서 연기가 올라오는 중이었다.

다른 분대도 그들처럼 시가전을 치르는 중인 듯했다.

밖으로 나온 이영곤은 앞에 있는 담장 위에 시커먼 빛이 번쩍이는 모습을 보았다. 햇볕이 마침 그 곳을 비추지 않았다면 발견하기 어려웠을 장소였다. 이영곤은 본능적으로 몸을 날렸다. 바닥을 한 바퀴 굴러 다시 일어났을 무렵, 그가 있던 자리에 콩알만 한 구멍이 뚫리며 흙먼지가 살짝 일었다.

민가의 담장 뒤에 왜군이 매복해있었던 것이다.

"적이다!"

소리친 이영곤은 다시 안으로 들어가 왜군과 교전을 펼쳤다.

담장에 용아의 총구를 올린 상태에서 방아쇠를 당겼다.

반대편 담장에 있던 기와가 부서지며 돌조각이 튀었다.

이영곤은 밑으로 내려와 담벼락에 등을 기댔다.

긴장으로 달아올라있던 몸이 차가운 벽을 만나 빠르게 식었다.

노리쇠손잡이를 당겨 빈 탄피를 꺼낸 이영곤은 탄입대
를 열어 새 탄환을 장전했다. 노리쇠손잡이를 미는 순간,
철컥하는 소리가 들리며 탄환이 폐쇄돌기에 물려 돌기 시
작했다.

이영곤은 부분대장을 불러 명했다.

"부분대장이 이 집의 우측으로 돌아 놈들 뒤를 기습해
주십시오. 그 사이, 우리는 앞에서 시간을 끌어보도록 하
겠습니다."

부분대장의 이름은 김동진(金東晉)이었다.

이영곤은 육군사관학교를 6개월 전에 수료한 햇병아리
장교였지만 김동진은 징병제인 시기에 입대해 임진년과
정유년의 전쟁을 겪은 병사였다. 그간의 공을 인정받은 그
는 준사관(准士官)으로 진급해 분대의 2인자인 부분대장
을 맡았다.

정유년의 전쟁이 끝난 후 제대를 원치 않는다면 장교로
진급하는 게 거의 확실했다. 육군사관학교에 들어가기 위
해 치러야하는 여러 종류의 필기와 실기시험이 그에겐 필
요 없었다. 그 동안 쌓아온 경험과 전공만으로 충분한 것
이다.

과거제도 중 무과는 이혼의 개혁으로 유명무실해진 상
태였다.

예전에는 문무과를 묶어 대과로 불렀다. 그리곤 재능과

가풍, 또는 재력에 따라 문과나, 무과를 선택했다면 지금은 관원은 문과를, 장교를 원하는 자는 육군사관학교에 입학했다.

김동진은 나라에 대한 애국심이 대단했다. 또, 그간 목숨을 잃을 뻔한 위기를 수없이 넘겨가며 지금 자리에 오른지라, 그게 아까워서라도 당분간은 군을 떠날 생각이 전혀 없었다.

근위사단은 완벽한 직업군인체제였다.

다시 말해 일반 직업을 가진 사람처럼 녹봉을 받았다.

또, 조정의 관원처럼 호봉과 지위에 따른 녹봉제를 택하여 그와 같은 고참병의 경우, 적지 않은 녹봉을 매달 받을 수 있었다. 4인 가족, 아니 6, 7인 가족이 생활 가능한 돈이었다.

경험 많은 고참병 중 일부는 분대에 부임한 햇병아리 장교를 무시하는 경우가 있었다. 그러나 김동진은 그렇지 않았다.

김동진은 이영곤의 지시를 충실히 수행했다.

분대원 네 명을 선발해 허리가 바닥에 닿을 듯이 숙인 김동진은 민가 밖으로 나와 오른쪽으로 크게 우회했다. 이영곤이 지휘하는 주력은 반대편 민가의 담장에 매복한 왜군에게 용아를 쏘거나, 죽폭을 던져 왜군 시선을 끄는 중이었다.

햇병아리 분대장이 잘 하는 중인 듯했다.

그가 잠입하는 방향에는 왜군이 전혀 없었다.

담장 위로 고개를 살짝 내밀어 집 안의 상황을 살펴본 김동진은 왜군이 모두 북쪽 담장에 모여 있는 모습을 확인했다.

장교나, 준사관이 부하의 존경을 받는 법은 간단했다.

솔선수범하는 것이다.

김동진은 가장 먼저 담을 넘었다.

왜군이 벽이나, 방 안에 매복해있다면 죽음을 피하기 어려웠다.

다행히 왜군의 매복은 없었다.

안전을 확인한 김동진은 부하들이 담을 넘어올 동안 앞에 나가 엄호해주었다. 부하들이 담을 다 넘어온 후에는 총성이 들리는 뒷마당으로 살금살금 걸었다. 왜군 10여 명이 모여 이영곤이 지휘하는 분대 주력과 교전을 펼치는 중이었다.

왜군 다섯 명은 조총병이었는데 두 명은 조총을 쏘는 중이었다. 그리고 나머지 세 명은 한창 정신없이 장전 중이었다.

그 외에는 모두 장창과 왜도를 든 보병이었다.

김동진은 어깨끈에 달려 있는 죽폭을 뽑아 불을 붙였다.

부하들도 죽폭을 뽑아 불을 붙였다.

입 모양으로 하나, 둘, 셋이라 외치곤 죽폭을 던졌다.

빙글빙글 돌며 날아간 죽폭 네 개가 북쪽 담벼락에 떨어졌다.

담에 매달려있던 왜군이 만개한 꽃잎처럼 사방으로 쓰러졌다.

김동진은 용아의 개머리판을 오른쪽 쇄골 밑에 단단히 붙였다.

그리곤 왼손으로 총열 밑을 바치며 오른손의 검지는 방아쇠울에 걸어 조금 밑을 겨누던 총구의 방향을 위로 들어 올렸다.

가늠쇠와 가늠자에 몸을 돌리는 왜군의 얼굴이 살짝 들어왔다. 김동진은 경험이 많았다. 거리가 가까워도 얼굴을 쏘면 맞지 않을 확률이 높아 총구를 다시 밑으로 살짝 내렸다.

그와 동시에 방아쇠울에 걸어둔 손가락을 힘껏 당겼다.

탕!

어깨 쪽으로 반동이 오며 총구가 위로 살짝 들렸다.

김동진이 쏜 탄환은 정면으로 날아가 중력의 영향을 받기 전에 몸을 돌리던 왜군 옆구리에 박혔다. 춤을 추듯 몸을 크게 휘청한 왜군은 손에 쥔 창대를 놓치며 앞으로 넘어졌다.

탕탕!

부하들이 쏜 탄환에 이번에는 반대편 담으로 도망치던 왜군이 쓰러졌다. 김동진은 부하 두 명에게 집을 수색하게 하였다. 그리곤 남은 부하 중 한 명에겐 온 길로 다시 되돌아가 적을 제압한 사실을 분대장인 이영곤에게 전하도록 했다.

전쟁터에서 오래 구른 고참병답게 적절한 명을 내린 김동진은 담벼락 쪽으로 걸어가 엎드려있던 왜군을 총구로 밀었다.

30대를 갓 넘은 듯했다.

잘 먹지 못해 광대뼈가 튀어나와있었으며 입술 양 끝에는 진득한 피가 흘러내렸다. 두 눈은 부릅뜬 채였는데 자신의 죽음을 믿지 못했는지 공포와 불신 등의 감정이 담겨있었다.

이는 물론 김동진의 추측이었다.

사람을 죽여도 감흥이 없다면 그건 거짓말일 것이다.

태어날 때부터 양심이 없는 천부적인 악한이라면 모르겠지만 대부분의 사람은 살인을 좋아하지 않았다. 김동진 역시 마찬가지였다. 시선을 돌린 김동진은 이영곤을 기다렸다.

잠시 후, 이영곤이 나머지 분대원과 도착해 김동진을 칭찬했다.

"수고했습니다."

"별 거 아니었습니다."

대답한 김동진은 주위를 둘러보며 물었다.

"다른 곳은 어떻습니까?"

이영곤이 손가락으로 북서쪽에 있는 교차로를 가리켰다.

"2소대가 길목을 점령했다는 말을 들었습니다."

"그렇군요."

이영곤은 계급이 위였지만 김동진을 존중해 존댓말을 하였다.

김동진은 그 모습을 부하들이 보면 위계질서가 잡히지 않는다는 이유로 하대할 것을 여러 번 청했지만 이영곤은 들어주지 않았다. 실질적인 분대장의 임무는 김동진이 수행했다. 이영곤은 김동진을 따라다니며 아직 배우는 입장이었다.

1소대 1분대는 2소대가 점령한 길목에 도착해 탄약보급과 휴식을 취했다. 잠시 후 뒤이어 도착한 1중대장이 그들의 직속상관인 1소대장을 불러 새로운 임무 몇 개를 하달했다.

1소대장은 다시 1분대장 이영곤을 불러 명했다.

"우리 소대에 남서쪽 공터 뒤에 위치한 돌다리점령 작전이 떨어졌다. 연대 수색중대의 1차 수색에 따르면 그곳에 대여섯 명의 적이 매복해있는 거 같으니 조심해 다리를 탈환해라."

"예."

대답한 이영곤은 1분대로 돌아와 소대장의 지시를 전달했다.

김동진은 눈을 가린 철모를 밀어 올리며 고개를 살짝 저었다.

이영곤은 급히 물었다.

"왜 그러십니까?"

"공터라는 말이 아무래도 걸립니다. 말 그대로 공터면 은폐, 엄폐할 게 전혀 없는 상황이니 피해가 클 겁니다. 놈들은 다리 위에서 공터를 지나오는 우리를 사냥하려 들 겁니다."

"일단 정말 그런지 확인하는 게 순서일 겁니다."

이영곤은 분대원을 통솔해 소대장이 말한 돌다리를 찾아냈다.

돌다리는 폭이 1미터, 길이는 5미터에 불과했다.

그러나 그 돌다리를 점거하지 못하면 5미터 깊이의 개울을 통과해야했다. 이영곤은 분대원을 근처에 있는 가옥 뒤에 숨겨둔 채 김동진과 둘이서만 포복으로 전진해 살펴보았다.

아쉽게도 김동진의 말이 맞았다.

다리와 그들이 있는 곳과의 거리는 200미터가 넘었다.

한데 그 사이에 몸을 가려줄만한 엄폐물이 전혀 없었다.

용아의 사정거리가 조총보다 길기는 하지만 200미터사
거리의 사격이라면 운이 좋아야 왜군을 맞출 수가 있을 것
이다.

또, 왜군은 다리를 만드는데 사용한 석축 뒤에 숨어있었
다. 용아를 아무리 잘 조준해도 왜군 대신, 돌다리에 맞을
것이다.

김동진은 몸을 돌려 다시 포복으로 돌아갔다.

"이거 어렵게 되었습니다."

"방법은 전혀 없는 겁니까?"

잠시 고민하던 김동진이 대답했다.

"상부에 지원화기중대를 요청하십시오."

"화차말입니까?"

이영곤의 말에 김동진은 고개를 저었다.

"화차는 용아를 모아놓은 거에 불과합니다. 용아와 사
거리가 같으니 돌다리 뒤에 숨어있는 적을 해치우지 못할
겁니다."

"그럼?"

"지원화기중대에 완구란 놈이 있을 겁니다."

김동진의 대답을 들은 이영곤은 고개를 끄덕였다.

완구라면 그 역시 들어본 적이 있었다.

육군사관학교 무기학 강의에서였을 것이다.

완구는 일종의 곡사포였다.

반면, 지금 포병이 사용하는 대룡포는 직사포에게 가까웠다.

직사포는 말 그대로 정면을 향해 발사하는 화포였다.

그에 비해 곡사포는 산 뒤에 있어 눈에 보이지 않는 곳을 포격할 수 있는 화포였다. 21세기 구분으로 따지면 대룡포는 전차의 주포와 같고 완구는 박격포와 비슷한 점이 많았다.

김동진의 말대로 완구의 사거리가 용아보다 훨씬 기니 왜군의 공격을 받기 전에 선제공격이 가능했다. 또, 적이 돌다리의 석축 뒤에 숨어있다고 해도 곡사로 포격이 가능했다.

이영곤은 급히 물었다.

"지원화기중대에 완구가 있습니까?"

"예, 며칠 전 군기시가 보내온 것으로 압니다. 원래는 전쟁 전에 투입할 생각이었는데 몇 가지 해결할 문제가 생기는 바람에 지금에서야 투입된 거지요. 우리에 도움이 될 겁니다."

"알겠습니다."

이영곤은 바로 소대장을 찾아가 지원화기중대의 완구를 요청했다. 잠시 고민하던 소대장은 중대장에게 상의했고 중대장은 대대차원에서 연대에 지원을 요청했다. 얼마 후, 1연대 지원임무를 맡은 지원화기중대 병사들이 1분대를 찾아왔다.

지원화기중대 장교가 물었다.

"목표가 어디입니다?"

"저 돌다리 뒤입니다."

이영곤은 손가락으로 포를 쏴야할 지점을 알려주었다.

고개를 끄덕인 지원화기중대 장교는 이내 완구를 가져
왔다.

지자총통이 대룡포로 변한 거처럼 완구 역시 많은 변화
가 있었다. 절구통을 세워놓은 거 같던 완구는 현대의 박
격포와 비슷한 모습으로 바뀌었다. 사용하는 포탄 역시 신
관을 사용하는 폭발형태의 유탄이지만 포탄 크기는 아주
작았다.

"이 자리에 완구를 거치해라!"

지원화기중대 장교의 지시에 병사들이 완구에 달린 다
리를 펼쳤다. 마치 검은 독수리가 발톱을 세 방향으로 핀
듯했다.

완구에 달린 세 개의 다리 끝에는 구멍이 있었다.

병사들은 망치로 그 구멍에 쇠못을 박아 넣었다.

쇠못 머리에는 쇠지레로 뽑을 수 있게 동그란 구멍이 있
었다.

완구에 달려있는 다리에 쇠못을 박아 고정한 지원화기
중대 병사들은 각도기로 거리를 계산했다. 이 점이 문제로

작용해 재란 전에 투입하지 못했었다. 이혼은 이장손에게 완구를 개량하라는 지시를 내렸으나 당시 너무 바빠 몇 가지 도움을 준 거 외에는 제대로 살펴보지 못해 개발이 늦어졌다.

지원화기중대 병사들이 가져온 완구는 이미 시험 발사를 통해 제원이 나와 있는 상태였다. 그 제원은 아주 상세해 포각이 1도 변할 때마다 움직이는 거리가 모두 들어있었다.

포각을 확인한 장교가 포반장에게 고개를 끄덕였다.

포반장은 다시 장전수에게 손짓으로 신호를 보냈다.

탄약이 든 궤짝에서 어른 손목 길이의 완구용 포탄을 꺼낸 장전수는 완구 입구에 포탄 뒤쪽을 맞췄다. 그리곤 손을 살짝 놓으며 뒤로 휙 돌아앉아 양 귀를 강하게 틀어막았다.

피융!

대룡포에 비하면 다소 방정맞은 포성을 내며 날아오른 포탄은 허공을 향해 거의 수직으로 솟구쳤다가 화약이 만든 에너지를 소진한 후 중력의 영향을 받아 추락하기 시작했다.

이영곤과 김동진은 눈을 크게 뜬 채 낙하지점을 보았다.

펑!

포탄이 폭발하며 돌다리 뒤쪽으로 10여 미터 지점에 화염이 치솟았다. 초탄은 실패했다. 그러나 의미가 없지는 않았다.

초탄을 통해 포각을 다시 조정하는 게 가능했다.

오차를 수정한 지원화기중대 병사들은 다시 완구를 발사했다.

두 번째 포탄은 돌다리 뒤에 정확히 떨어지며 그 뒤에 숨어있던 왜군에게 큰 피해를 입혔다. 거리는 멀었지만 이영곤의 눈에도 피를 흘리며 쓰러지는 왜군의 모습이 들어왔다.

"이대로 계속 엄호해주십시오!"

장교에게 부탁한 이영곤은 김동진과 함께 분대 돌격을 준비했다. 두 번째 포탄이 다리 뒤에 떨어지는 순간, 죽폭에 불을 붙여 앞으로 힘껏 던진 1분대는 그쪽으로 달음박질쳤다.

죽폭이 터지며 연기가 피어올라 시야를 가렸다.

1분대는 연기 속에 들어가 왜군의 시야 밖으로 모습을 감췄다.

거기다 지원화기중대가 완구로 포탄을 쏘아대는 통에 정신이 없어 돌다리로 진격해오는 1분대를 전혀 저지하지 못했다.

이영곤이 연막 밖으로 나와 선두에 서려는 순간.

김동진이 이영곤을 잡으며 소리쳤다.

"제가 먼저 앞장설 테니 분대장님은 부하들을 데려오십
시오!"

소리친 김동진은 돌다리를 향해 빠른 속도로 뛰어갔다.

살아남은 왜군 두 명이 그를 향해 조총을 발사했다.

그러나 김동진은 지그재그로 달려 조총의 탄환을 모두
피했다.

김동진이 사람인 이상, 총구의 화염을 보고 피할 수는
없었다. 그저 왜군 조총수가 예측하지 못하는 지점으로 달
렸을 뿐이었다. 돌다리 앞에 도착한 김동진은 거친 숨을
몰아쉬며 조총 대신 칼을 집어든 왜군의 가슴에 용아를 쏘
았다.

왜군은 가슴에 피를 흘리며 뒤로 나자빠졌다.

그때, 옆에 있던 다른 왜군이 장창으로 김동진을 찌르려
하였다.

김동진은 미리 착검해둔 용아를 앞세운 채 몸을 날렸다.

돌다리 옆에 있는 작은 비탈을 구르다시피 내려간 김동
진은 자세를 재빨리 잡았다. 그리곤 착검한 총검으로 왜군
을 겨눴다. 왜군 역시 장창의 방향을 바꿔 김동진을 겨누
었다.

누구도 선뜻 먼저 공격하지 못했다.

무기의 길이는 왜군이 훨씬 유리했다.

왜군이 든 장창의 길이는 무려 4미터였다.

그의 키의 두 배에 달하는 길이였다.

반면, 착검한 용아는 2미터를 간신히 넘었다.

사거리가 반이나 적었다.

둘 중 마음이 급한 것은 당연히 왜군이었다.

그의 동료들은 다 죽은 반면에 적의 동료들은 멀지 않은 곳에 있었다. 장창을 쥔 손에 힘을 얼마나 주었는지 햇볕에 타서 갈색이던 손이 하얗게 변했다. 왜군은 힘을 바짝 준 장창으로 김동진의 넓은 가슴팍을 향해 맹렬히 찔러왔다.

김동진은 침착하게 기다렸다.

임진년과 정유년의 전쟁을 연이어 치르며 깨달은 점이 있다면 침착한 사람일수록 살아남을 확률이 아주 높다는 거였다.

김동진은 침착한 상태를 유지하며 장창 끝을 주시했다.

번쩍하는 순간, 장창의 날이 이미 그의 가슴을 향해 날아왔다.

방탄조끼가 있었지만 제대로 찔린다면 상처를 입을 게 틀림없었다. 김동진은 손에 단단히 쥔 용아를 앞으로 쭉 뻗었다.

카앙!

장창의 날과 용아의 총검이 부딪치며 쇳소리가 울렸다.

김동진은 옆으로 빗나가는 장창의 날을 보며 오른 발을 앞으로 크게 내딛었다. 3, 4미터에 이르던 왜군과의 거리가 2미터로 줄어들었다. 김동진은 그 자세에서 개머리판을 두 손으로 꽉 쥐었다. 그리곤 풍차를 돌리듯 한 바퀴 휘둘렀다.

   콰직!

   총검의 날이 왜군의 얼굴을 찍었다.

   코와 광대뼈가 날아간 왜군은 피를 흘리며 쓰러졌다.

   땀으로 인해 손에서 빠져나가려는 용아를 간신히 잡은 김동진은 총검으로 바닥에 쓰러져 꿈틀거리는 왜군의 목에 박았다.

   왜군은 그래도 숨이 끊어지지 않아서 피를 토해내며 몸을 움직였다. 김동진은 총검을 더 깊숙이 찔러 넣었다. 그제야 왜군은 움직임을 멈췄다. 한숨을 쉰 김동진은 다리를 건너 반대편으로 달려갔다. 다리 앞에 있던 왜군이 다였는지 왜군의 모습은 보이지 않았다. 그때, 이영곤 등이 도착했다.

   이영곤은 주위를 경계하며 물었다.

   "적은 이게 다입니까?"

   "그런 거 같습니다."

   이영곤은 돌다리 점령사실을 소대장에게 통보했다.

   작전은 순조롭게 이어져 곧 부산진성 반을 다시 탈환하였다.

1분대는 다른 분대들과 함께 몇 차례 전투를 더 치렀다. 적의 규모가 작은 곳에서는 분대규모를 투입했다. 그리고 적의 규모가 큰 곳에서는 중대, 대대, 아니면 연대 전체가 나섰다.

　부산진성에 입성한 이혼은 권율의 보고를 받았다.

　"현재 성의 6할을 수복했사옵니다."

　권율의 보고에 이혼은 하늘을 보았다.

　서쪽 하늘이 점차 붉어지는 중이었다.

　"강행정찰연대에서는 소식이 왔소?"

　"아직 오지 않았사옵니다."

　권율의 대답이 채 끝나기도 전에 이혼이 물었던 강행정찰연대의 전령이 도착했다. 전령의 말에 따르면 1만여 명이 넘는 왜군이 남문과 동문을 이용해 부산포로 퇴각 중이었다.

　이혼의 고개가 권율에게 홱 돌아갔다.

　"그럼 지금 성 안에 왜군이 얼마나 남아있는 것 같소?"

　권율은 바로 참모를 불러 상의했다.

　잠시 후 돌아온 권율이 좀 전의 질문에 대답했다.

　"3, 4천으로 보이옵니다."

　"국정원에 따르면 가토 기요마사는 전쟁의 지속을 원하고 우에스기 카게카츠는 퇴각을 원한다는데 지금 부산포로 퇴각한 게 우에스기 카게카츠라면 성에 남아있는 것은

가토 기요마사일 확률이 높겠군. 오늘 안으로 정리가 가능
하겠소?"

권율은 다시 고민했다.

임금에게 어렵다고 말하기는 힘들었다.

그렇다고 현실적으로 불가능한 일을 가능하다고 할 순
없었다.

권율은 고민 끝에 입을 열었다.

"가능할 것 같사옵니다."

"그럼 마지막까지 최선을 다해주시오. 부산포로 도망친
우에스기 카게카츠는 신경 쓸 필요 없소. 가토에 집중해주
시오."

"예, 전하."

임금에게 호언장담한 권율은 전 부대에 총공세를 명했
다. 지금까지 조심스레 진행했다면 지금부턴 전력을 다해
야했다.

근위사단 병사들은 수복하지 못한 성 남쪽을 향해 내달
렸다.

10장. 해전(海戰)

10장. 해전(海戰)

부산진성 북쪽 곳곳에 횃불과 등잔이 걸렸다.

반면, 남쪽은 칠흑처럼 어두워 남북이 묘한 대조를 이루었다.

1분대장 이영곤은 김동진과 함께 1대대에 속해 남쪽으로 진격했다. 왜군은 2, 3백 명씩 집결해 간헐적으로 저항해왔다.

낮이었다면 정상적으로 상대했을 테지만 밤에는 그럴 수 없었다. 상대를 보지 못하여 일반적인 방법은 통하지 않았다.

이를 잘 아는 조선군 수뇌부는 포격을 명했다.

장산호의 포병연대가 안으로 들어와 중대별로 흩어졌다.

그리곤 보병이 원하는 곳에 맹렬한 포격을 가했다.

가옥이 불타고 다리는 끊어졌다.

관청에는 연기가 피어올랐으며 두꺼운 석벽에는 구멍이 뚫렸다.

부산진성 백성의 원망을 감수한 공격이었다.

이영곤과 같은 보병은 오히려 편했다.

대룡포와 지원화기중대의 곡사포가 그들이 할 일을 대신했다.

불타오르는 건물을 겨누고 있다가 방아쇠를 당겼다.

불이 붙은 채 뛰어나오던 왜군이 바닥에 쓰러졌다.

그런 식으로 수십 미터를 전진했을 무렵.

마침내 왜군의 저항 근거지가 모습을 드러냈다.

관청으로 사용하던 건물인 듯 주변에서 보기 힘든 2층 건물이었다. 그리고 2층 건물의 팔작지붕 양쪽에는 깃발이 있었다.

달빛을 받아 흰색과 검은색이 대비를 이루는 깃발이 펄럭였다.

가토 기요마사의 군기였다.

그냥 보면 다른 곳과 다를 바 없는 모습이었다.

건물을 성채 삼아 저항하는 왜군을 그 동안 지겹게 보아왔다.

다만, 그때와 다른 점이라면 지금은 가토 기요마사의 남

은 병력 2천여 명이 2층 건물 앞에 나와 도열해있다는 점
이었다.

둥그런 형태로 뭉쳐있는 왜군 가운데에는 긴 장대에 부챗
살을 펴놓은 듯한 우마지루시가 있었다. 우마지루시는 왜국
이 사용하는 깃발의 한 형태로 영주의 위치를 알려주었다.

우마지루시가 있는 장소에 영주가 있다는 말이었다.

부챗살을 닮은 우마지루시 날에는 흰 종이 조각이 붙어
있었다.

현장에 도착한 권응수는 정보참모를 불렀다.

"누구의 우마지루시인지 알아볼 수 있겠소?"

권응수의 질문에 정보참모는 품속에서 작은 책자를 꺼
냈다.

그리곤 손가락에 침을 묻혀 책자의 종이를 넘겼는데 어
느 순간, 움직임이 멈췄다. 누구의 깃발인지 알아낸 모양
이었다.

"국정원이 작성한 책자에 따르면 가토 기요마사의 우마
지루시가 확실합니다. 즉, 저 근처 어딘가에 가토가 있는
겁니다."

국정원은 왜국이 사용하는 군기에 대한 정보를 샅샅이
긁어모았다. 처음에는 항왜연대 병사들이 넘겨준 정보를
이용했다. 그리고 나중에는 현지에 파견한 첩자에게 입수
했다.

그 결과, 누가 어떤 깃발을 사용하는지 모두 파악한지 오래였다. 장대와 부챗살모양 우마지루시는 아주 흔한 형태였다.

그러나 그 부챗살에 하얀색 작은 종잇조각이 달려있는 우마지루시는 가토 기요마사의 우마지루시 외엔 기록에 없었다.

근처 가옥의 지붕에 올라가 가토군을 살펴본 권응수가 물었다.

"포병연대는 어디 있는가?"

참모 중 하나가 대답했다.

"오려면 몇 시간 걸릴 듯합니다. 골목이 워낙 좁아서……."

"지원화기중대의 화차나, 완구는?"

"둘은 가능할 거 같습니다."

"가용 가능한 모든 자원을 전선에 투입해라."

"예, 장군."

참모들은 권응수의 명을 예하부대에 하달했다.

잠시 후, 지원화기중대 병사들이 화차와 신형 완구를 날라왔다.

보병은 처음에 신형 완구를 믿지 않았다.

보병들은 사용한 무기만 신뢰하는 습성이 있었다. 신무기, 그리고 새 무기는 별로 좋아하지 않았다. 그런 무기와 함께 실전에 들어갔다가 결정적인 순간에 불량나면 큰일이었다.

그러나 신형 완구는 군기시가 시험 발사만 마쳤을 뿐, 지금까지 실전에 사용한 적이 없었다. 한데 이번에 신형 완구를 통해 재미를 톡톡히 본 보병은 이번 작전 역시 신형 완구로 기선을 제압할 생각이었다. 신형 완구를 믿는 것이다.

지원화기중대 장교가 수기를 흔들었다.

"쏴라!"

그 즉시, 신형 완구 다섯 문이 동시에 경망스러운 포성을 내며 물고기처럼 생긴 작은 포탄을 가토군 머리 위에 날렸다.

펑펑펑펑펑!

정확히 다섯 번의 포성이 연달아 울렸다.

신형 완구의 포탄은 작았다.

그래서 신용란처럼 엄청난 효과를 내지는 못했다.

그러나 도열한 가토군의 진형을 파괴하는 데는 아주 좋았다.

가토군은 대나무방패를 앞세워 달려들었다.

대기하던 근위사단 병사들은 용아로 대나무방패를 겨누었다.

탕탕탕탕!

수백 정의 용아를 동시에 발사하니 마치 큰 포를 쏜 거 같았다.

　탄피를 떠난 납 탄자들이 대나무방패에 구멍을 뚫었다.

　일부는 두꺼운 방패를 관통해 그 뒤에 숨은 왜군을 맞혔다. 그러나 대부분은 두꺼운 방패에 막혀 효과를 내지 못했다.

　그저 잠시나마 가토군의 전진을 멈추는 게 다였다.

　조총사거리에 진입한 왜군은 대나무방패에 조총을 얹어 방아쇠를 당겼다. 서있던 조선군 몇이 비명을 지르며 쓰러졌다.

　장교들은 고래고래 소리를 질렀다.

　"엄폐해라! 엄폐가 힘들면 바닥에 엎드려 사격해라!"

　병사들은 그 명대로 엄폐할 것을 찾아 몸을 날렸다.

　부서진 돌담이 가장 좋았다.

　돌담이 없다면 정원을 가꾸기 위해 심어놓은 유실수도 좋았다.

　그러나 엄폐할 게 없다면 바닥에 엎드려야했다.

　무조건 표적을 작게 만드는 게 중요했다.

　즉, 적이 볼 수 있는 면적을 최대한 작게 만들라는 뜻이었다.

　그러기 위해선 서있는 자세보다 앉아있는 자세가 더 나았다. 그리고 앉아있는 자세보다는 엎드려있는 자세가 좋았다.

병사들은 엎드려 사격을 시작했다.

왜군이 쏜 조총의 탄환이 바닥을 긁으며 흙먼지를 일으켰다.

병사들은 머리에 쓴 철모를 바짝 당긴 채 급히 몸을 피했다.

그러나 장교들은 그럴 수 없었다.

장교는 병사와 달리 적진을 관찰하며 부하를 지휘해야 했다.

다시 말해 엎드려있기보다는 서있을 때가 더 많았다.

탕!

조총의 총성이 울리는 순간, 1분대장 이영곤이 뒤로 나자빠졌다. 근처에 엎드려있던 김동진이 급히 포복으로 접근했다.

이영곤은 아직 살아있었다.

목에 탄환이 박혔지만 왼손으로 틀어막은 채 누워있었다. 입 안에 가득한 피가 입가를 따라 철철 흘러내리는 중이었다.

김동진은 부들부들 떨리는 이영곤의 팔을 급히 잡았다.

"분대장님!"

고개를 돌린 이영곤의 눈동자가 커졌다.

김동진의 얼굴을 본 모양이었다.

이영곤은 피거품이 가득한 입을 간신히 벌려 속삭였다.

"부, 부분대장님, 병, 병사들을 부탁합니다."

그 말을 남긴 이영곤은 고개를 옆으로 꺾었다.

김동진은 주먹으로 땅을 내리쳤다.

운이 너무 없었다.

방탄조끼와 철모로 가리지 못한 목에 탄환이 박혔다.

김동진은 분대원을 불러 이영곤의 시신으로 뒤쪽으로 옮겼다.

그때, 지시가 내려왔는지 화차부대가 앞으로 나왔다.

탕탕탕!

총성이 잘 익은 콩을 볶듯 쉼 없이 들려왔다.

가토군은 화차의 맹렬한 사격에 막혀 잠시 접근해오지 못했다.

"와아아!"

그러다 한 순간, 귀청을 찢는 함성소리가 울리며 가토군 장창부대 수백 명이 그들을 향해 몰려왔다. 분대장을 잃은 1분대는 침울한 분위기에 빠져있었다. 1분대는 운이 좋은 분대로 통했다. 다른 분대와 달리 밀양과 금정산, 그리고 백양산에서 분대원을 한 명도 잃지 않았다. 처음 대구를 출발할 분대원 열 명이 모두 살아남아 부산진성에 도착한 것이다.

한데 마지막 전투 중에 분대장을 잃었다.

1분대의 분위기는 무언의 장송곡이 울려 퍼지는 듯 참담했다.

그때, 1소대장이 1분대를 찾아왔다.

"곧 전투가 벌어지니 다들 마음 단단히 먹어라. 분대장의 임무는 부분대장이 맡으면 될 거다. 나 역시 아끼던 후배를 잃어 마음이 아프다. 그러나 이번 전투에서 승리하는 게 더 중요하다. 전투에서 승리하지 않으면 죽은 분대장이 어찌 눈을 감겠느냐. 힘들겠지만 힘을 내라. 지금은 싸워야한다."

소대장의 말에 김동진이 고개를 끄덕였다.

"알겠습니다."

김동진의 어깨를 두드려준 소대장은 다른 분대를 찾아 떠났다.

숨을 깊이 들이마신 김동진은 분대원을 둘러보았다.

모두 울적한 모습이었다.

김동진 역시 울적하기는 마찬가지였으나 소대장의 말이 맞았다.

전투에서 이기는 게 중요했다.

전투에서 이겨야 분대장의 죽음을 영광스러운 희생으로 만들 수 있었다. 전투에서 패한다면 한낱 개죽음에 불과할 것이다.

"소대장님 말씀 다들 들었지? 자, 일어나라."

분대원들은 다시 김동진을 중심으로 뭉쳤다.

가토군의 장창부대 중 반은 화망을 뚫고 전선을 돌파했다.

그러나 뒤이어 날아든 죽폭과 근접 사격에 당해 전멸했다.
왜군의 시신이 산처럼 쌓여 적과 아군의 위치를 가르는 전
선처럼 보였다. 이제 가토군의 병력은 수백에 불과했다.

그 모두 가토 기요마사의 친위부대였다.

친위부대는 가신단과 근위시동, 하타모토로 이루어져있
었다.

권응수는 1연대를 정면으로 보냈다. 그리고 혹시 몰라 2
연대와 3연대를 좌우에 보내 삼면에서 포위하라는 명을
내렸다.

김동진은 어깨가 쳐진 분대원을 다독이며 돌격을 준비
했다.

어깨끈에는 보급 받은 새 죽폭을 달았다.

그리고 용아의 총구에는 미리 총검을 장착했다.

1연대장 황진이 고함을 지르는 소리가 멀리서 아련하게
들렸다.

"돌격하라!"

황진의 고함소리에 이어 이내 조금 더 큰 목소리가 들려
왔다.

1대대장의 목소리였다.

역시 돌격하라는 명이었다.

1대대장에 이어 1중대장의 목소리가 그들 바로 뒤에서
들렸다.

"돌격하라!"

침을 꿀꺽 삼키는 순간.

벌떡 일어난 소대장이 달려 나가며 앞으로 크게 손짓을
하였다.

"1소대 돌격하라!"

소대장 다음은 분대장의 차례였다.

그러나 이영곤이 죽어 지금은 공석이었다.

그 대신 김동진이 일어나 분대원을 일으켜 세웠다.

"달려라! 멈추면 죽는다!"

분대원은 그의 지시를 따라 앞으로 달리기 시작했다.

김동진은 가장 먼저 달리며 큰 소리로 계속 지시했다.

"끝까지 달려가라! 그리고 놈들의 얼굴에 죽폭을 던져
버려라!"

분대원이 고개를 끄덕였다.

김동진은 바닥을 살피며 다시 지그재그로 달렸다.

발을 잘못 디뎌 빠지는 날에는 분대원을 볼 면목이 없었
다.

조총 탄환 몇 발이 그를 피해 뒤로 날아갔다.

3분대원 몇이 쓰러지는 모습이 눈에 얼핏 들어왔다.

김동진은 그게 자신이나, 분대원이 아니라는 사실에 감
사하며 계속 달렸다. 눈앞에 있는 가토군의 모습이 점점
커졌다.

김동진은 어깨끈에 달아놓은 죽폭 끝에 힘을 주어 당겼다. 죽폭의 심지부분에 부싯돌이 있었다. 그리고 고리에는 부시역할을 하는 물질이 발라져있었다. 그래서 성냥을 킬 때처럼 죽폭의 심지를 당기면 알아서 점화가 되게 되어 있었다.

　　죽폭을 쥔 손에 힘을 주어 앞으로 던졌다.

　　빙글빙글 돌아가는 죽폭의 꼬리가 눈에 느린 화면처럼 보였다.

　　"엄폐하라!"

　　김동진은 고함을 지르며 바닥에 몸을 던졌다.

　　따라오던 분대원들 역시 죽폭을 던지곤 몸을 바닥에 던졌다.

　　펑펑펑펑!

　　죽폭이 터지며 하얀 연기가 검은 어둠을 만나 시야를 좁혔다.

　　왼 팔로 땅을 짚은 김동진은 벌떡 일어나 다시 소리를 질렀다.

　　"총을 쏘고 돌격하라!"

　　소리친 김동진은 가장 먼저 앞으로 달려가며 총을 배 앞에 대었다. 달릴 때는 정확한 조준이 어려웠다. 차라리 지금처럼 배 앞에 개머리판을 붙여 사격하는 게 더 효과적이었다.

탕!

배에 묵직한 반동이 느껴졌다.

김동진의 시선은 총구가 아니라, 그가 쏜 왜군을 찾았다.

죽폭에 당해 흩어져있던 왜군 가신 하나가 바닥으로 쓰러졌다.

명중이었다.

거리가 불과 10미터에 불과해 빗나가는 게 더 어려웠다.

옆에서 총성이 간헐적으로 들려왔다.

분대원이 그를 따라 총을 쏜 것이다.

몸으로 방패를 구성했던 가토군 가신들이 몇 명 더 쓰러졌다.

김동진은 그 틈에 뛰어들어 개머리판으로 머리에 피를 흘린 채 일어서는 가토군 가신에게 내리쳤다. 호두나무로 만든 개머리판 쪽에서 묵직한 타격음이 들렸다. 투구는 막아주지 못했다. 일어서던 왜군은 다시 비틀대며 바닥에 쓰러졌다.

김동진은 한 쪽 무릎을 꿇었다.

그리곤 노리쇠손잡이를 번개 같은 속도로 뒤로 당겼다.

약실이 열리며 연기가 피어오르는 황동색 탄피가 떨어졌다.

탄피가 떨어짐과 동시에 탄입대에 들어가 있던 김동진의 손가락이 탄환을 꺼냈다. 그가 있는 곳 5미터 전방에 왜도를 든 사무라이 하나가 그를 향해 달려드는 모습이 보였다.

손이 조금 떨렸다.

김동진은 꺼낸 탄피를 빈 약실에 끼웠다.

그러나 손이 더 떨리는 바람에 조금 빗나갔다.

날도 어두웠다.

두 번 더 빗나간 후에야 간신히 약실 입구에 탄환을 넣었다.

김동진은 다시 번개 같은 속도로 노리쇠손잡이를 눕혀 밀었다.

철컥 소리가 나며 약실에 탄환이 제대로 물렸다.

사무라이의 칼이 날카로운 소음을 내며 얼굴을 향해 날아들었다. 자세를 다시 잡을 시간이 없었다. 이마에서 떨어진 땀 한 방울이 부릅뜬 눈으로 스며들었다. 눈이 타는 듯했다.

방아쇠의 차가운 감촉이 손가락에 걸렸다.

탕!

총구가 들리는 순간, 사무라이의 왜도가 날아들었다.

끼이익!

철모에 불통이 튀기며 묵직한 통증이 느껴졌다.

사무라이의 눈이 보였다.

눈가는 웃고 있었다.

그러나 입은 고통으로 잔뜩 일그러져 있었다.

웃는 건지, 우는 건지 알 수 없어 두려움을 주었다.

김동진은 분대원의 부축을 받아 뒤로 움직였다.

그 사이, 왜도를 내려친 자세 그대로 서있던 사무라이가 앞으로 쓰러졌다. 그의 가슴갑옷 앞에는 붉은 구멍이 뚫려 있었다.

김동진은 철모를 내려 살펴보았다.

쇠로 만든 철모 앞에 예리한 상흔이 나있었다.

사무라이의 왜도가 지나간 자리였다.

어쨌든 그가 쏜 탄환은 사무라이의 심장을 관통했다.

운이 좋았다.

다른 곳에 맞았다면 사무라이의 두 번째 칼이 그를 베었을 것이다. 그제야 바지가 조금 축축해졌다는 것을 눈치챘다.

긴장한 나머지 소변을 보았던 것이다.

김동진은 전장을 살펴보았다.

다른 분대가 가토군의 가신단이 만든 인간방패를 거의 뚫었다.

"가자!"

소리친 김동진은 다시 앞으로 달려갔다.

앞을 막아서던 가토군의 가신이 짚단처럼 허물어졌다.

가토 기요마사를 보호하는 마지막 방패는 근위시동이었

다. 근위시동은 아직 관례를 치르지 않아 앞머리가 그대로 있었다.

아직 앳되어 보이는 근위시동은 주군을 지키기 위해 달려들었다. 그러나 1연대의 성난 돌격 앞에서는 버틸 재간이 없었다. 근위시동들은 차례차례 차가운 바닥에 몸을 뉘였다.

그 시각, 가토 기요마사는 근위시동이 쓰러지는 모습을 보면서 마음이 급했다. 고집을 부려 부산진성에 남기는 했지만 포로로 잡힌다면 두고두고 비웃음을 살 것이다. 그가 어떻게 죽느냐에 따라 본국에 있는 아들의 지위가 달라질 것이다.

아들 가토 다다히로에게 자신의 영지를 온전히 물려주기 위해선 그가 장렬한 최후를 마쳐야했다. 그러지 못하면 배신자나, 겁쟁이로 낙인찍혀 영지를 몰수당할 위험이 있었다.

가토 기요마사는 평생 애용해왔던 겸창을 바닥에 내려놓았다.

겸창은 끝이 낫처럼 생긴 창이었다.

투구와 가슴갑옷을 차례로 벗었다.

그리곤 앞섶을 열어젖힌 다음, 바닥에 두 무릎을 꿇었다

"카시야!"

호명 받은 중년 가신 하나가 급히 달려와 엎드렸다.

"카시야가 왔습니다!"

"사무라이답게 죽고 싶다! 준비해다오!"

"영주님!"

카시야가 말려보았지만 가토 기요마사의 결심을 꺾진 못했다.

가토 기요마사는 광목천에 싼 단도를 풀어 손에 쥐었다. 그리곤 단도를 싸는데 사용한 광목천은 입에 물었다. 왜국에서는 할복할 때 비명을 지르는 일만큼 꼴사나운 행동이 없었다.

엎드려있던 카시야는 눈물을 뿌리며 일어났다.

잠시 주저하던 카시야는 가토 기요마사의 왼쪽 뒤로 돌아갔다.

창!

카시야의 손에 서슬 퍼런 빛을 뿌리는 왜도가 들려졌다.

가토 기요마사는 오른손에 쥔 단도에 잔뜩 힘을 가했다.

얼마나 힘을 주었는지 갈색이던 손등이 하얀색으로 변했다.

단도 끝이 왼쪽 옆구리에 닿는 순간.

마지막 근위시동을 총검으로 찌른 임시 1분대장 김동진은 쓰러지는 근위시동 뒤로 할복하려는 가토 기요마사를 보았다.

가토 기요마사는 전범이었다.

말 그대로 두 차례 전쟁을 일으킨 주역이었다.

도요토미 히데요시가 1급이라면 가토는 2급쯤 되었다.

결코 편하게 죽게 해선 안 되는 자였다.

김동진은 분대원에게 손짓해 가이샤쿠를 준비 중이던 카시야를 처리하게 하였다. 그리곤 자신은 가토 기요마사에게 달려들었다. 시간이 없다는 것을 안 가토는 눈을 질끈 감은 채 단도를 배에 찔렀다. 붉은 피가 점점이 배어나왔다.

탕!

분대원이 쏜 총에 카시야가 쓰러졌다.

그 사이, 멧돼지처럼 달려든 김동진은 총검으로 가토의 팔을 내리쳤다. 그 즉시, 반쯤 잘린 가토 기요마사의 오른팔에서 단도가 떨어졌다. 김동진은 단도를 발로 걷어차 멀찍이 치워버렸다. 그리곤 혀를 깨물지 못하게 천 조각을 물렸다.

가토 기요마사를 체포한 김동진은 분대원에게 밧줄을 받아 그를 꽁꽁 묶었다. 운 좋게 가토 기요마사를 생포한 것이다.

가토 기요마사 체포를 끝으로 가토군은 절단 났다.

항복한 병사는 100여 명에 불과했고 나머지는 모두 전사했다.

완벽한 승리였다.

1중대장에게 소식을 접한 1연대장 황진은 먼저 자해한 가토 기요마사를 도원수부로 옮기게 하였다. 살아있을 때

조선의 국법으로 처단해야 가토 기요마사를 생포한 의미
가 있었다.

그 다음에는 1연대를 부산진성 남문으로 보냈다.

남문으로 가는 동안, 숨어있던 왜군 몇이 간헐적으로 저
항해왔으나 그때마다 용아와 죽폭으로 공격해 저항을 분
쇄했다.

자정 직전, 1연대는 조선군 중에 처음으로 부산진성 남
문에 도착했다. 부산진성을 왜군에게 빼앗긴지 1달여 만이
었다.

이혼은 2, 3연대를 보내 부산진성을 샅샅이 수색하게
하였다.

새벽 2시 무렵.

원래대로라면 사람과 짐승 모두 깊이 잠들어있을 시간
이었다.

그러나 부산진성엔 수백 개의 횃불이 걸려있어 잠을 잊은
듯한 모습이었다. 병사들은 횃불에 달려든 벌레를 피하느라,
한여름 우리 속에 갇힌 황소처럼 쉼 없이 몸을 움직였다.

도원수 권율이 들어와 쉰 목소리로 보고했다.

"부산진성을 완벽히 수복했사옵니다."

이혼은 조내관이 끓여온 차를 마시며 고개를 끄덕였다.

"모두 수고했소. 과인의 말을 전 부대에 전해주시오. 그
리고 이제 휴식을 취하라 하시오. 힘든 날이었으니 내일은

늦게 일어나도 상관없을 것이오. 물론, 경계는 철저히 해야겠지만."

"그렇게 하겠사옵니다."

찻잔을 내려놓은 이혼이 물었다.

"가토를 잡았다지?"

"예, 전하. 1연대 분대장 하나가 운 좋게 할복하던 놈을 잡은 듯하옵니다. 상태가 위중하긴 하나 당장 죽지는 않을 거라는 군의관의 말을 들었사옵니다. 내일 처리하시겠사옵니까?"

"좋소. 내일 정오에 처리하겠소. 도원수가 자리를 마련해주시오."

"예, 전하."

대답한 권율은 군막을 빠져나갔다.

이혼은 착용했던 방탄조끼와 철모를 벗었다.

방탄조끼의 무게를 지탱하던 어깨가 날아갈 듯 가벼워졌다.

군복을 입은 채 침상에 누운 이혼은 눈을 감았다.

병사들이 지르는 비명소리와 포탄이 떨어지는 소리, 용아의 총성 등이 어지럽게 들려왔다. 이혼은 깜짝 놀라 일어섰다.

그리곤 바깥에 귀를 기울였다.

조용했다.

부산 바다의 철썩거리는 파도소리만 아련히 들려올 따름이다.

안심한 이혼은 다시 침상에 누워 눈을 질끈 감았다.

그러나 얼마 지나지 않아 다시 총성과 포성이 섞여 들려왔다.

이혼은 옆으로 돌아누운 채 귀를 틀어막았다.

한참을 뒤척거리던 이혼은 새벽녘에야 간신히 잠이 들었다.

다음 날 오전 늦게 일어난 이혼은 티를 내지 않았다.

머릿속에서 총소리가 들린다고 말해보았자 좋을 게 없었다.

오히려 미친 사람 취급당할 위험이 있었다.

일반 병사라면 제대 후 요양이 필요한 소견이다. 그러나 그는 임금이었다. 미친 임금에게 충성을 바칠 사람은 별로 없었다.

이혼은 잠을 설치는 바람에 지끈거리는 관자놀이를 천천히 눌렀다. 환영처럼 흔들리던 잔상들이 이내 하나로 합쳐졌다.

가장 먼저 도원수 권율의 얼굴이 보였다.

"어디 편찮으시옵니까?"

"아니오. 괜찮소."

"가토 기요마사는 어찌 하시겠사옵니까?"

"도원수가 처형하도록 하시오. 과인은 다른 일이 있소."

"예, 전하."

권율은 이혼의 지시대로 가토 기요마사를 처형대로 데려갔다. 배에 붕대가 감겨있던 가토 기요마사는 반 실신상태였다. 거의 숨만 쉴 뿐이지, 살아있다고 볼 수 없는 상태였다.

몇 년 전 우키타 히데이에가 참수 당했던 그 자리였다.

권율은 가토 기요마사의 죄목을 일일이 나열한 다음 소리쳤다.

"목을 쳐라!"

그 즉시, 헌병대 소속 병사가 옆에서 큰 칼을 내리쳤다.

우키타 히데이에를 참수할 때는 부산의 백성들이 지켜보고 있었지만 지금은 근위사단 병사들 몇이 구경꾼의 전부였다.

가토 기요마사의 시신은 다시 하나로 합쳐져 화장터로 향했다.

그 시각, 이혼은 국정원 요원의 보고를 받았다.

국정원장 강문우는 대구에 머물며 정보를 분석 중이었다. 그래서 부원장 중 한 명이 내려와 조사한 정보를 전달했다.

"우에스기 카게카츠는 도도 다카토라의 수송선에 올라 오늘 오전 부산포를 출발했사옵니다. 왜선의 수는 1천이옵니다."

이혼은 관자놀이를 주먹으로 문지르며 물었다.

"수군의 대응은?"

"통제사 이순신장군이 퇴로를 차단하는 중이옵니다."

"알겠다."

"그럼 소신은 이만."

보고를 마친 국정원 부원장은 이혼의 막사를 나갔다.

이혼은 의자 등받이에 등을 깊숙이 묻은 채 고개를 저었다.

머릿속에서 들려오던 총성이 점점 더 커졌다.

가끔은 깜짝 놀라 주위를 둘러볼 지경이었다.

밖으로 나온 이혼은 부산진성 남쪽 성벽으로 올라갔다.

뜨거운 햇살 속에 옥빛으로 빛나는 부산 앞바다가 드러났다.

마치 아무 일 없다는 듯 평화로운 모습이었다.

고깃배 몇 척이 정박해있다면 평범한 어촌의 모습일 것이다.

이혼은 지끈거리는 머리를 부여잡은 채 남쪽 바다를 보았다.

저 바다 너머에 이순신의 수군이 있을 것이다.

어쩌면 이혼의 두통을 없애줄 사람은 이순신 밖에 없을지도 몰랐다. 이혼은 승전보가 들려오기를 손꼽아가며 기다렸다.

그 시각, 이혼이 믿는 삼도수군통제사 이순신은 전라수

사 이억기와 경상수사 이운룡 두 명과 작전에 대해 상의하였다.

"왜국 수군의 위치는 확인했는가?"

이순신의 질문에 경상수사 이운룡이 대답했다.

"예, 장군. 서, 너시진 후에는 이곳 근처에 도착할 거 같습니다."

고개를 끄덕인 이순신은 진형을 짰다.

가운데는 통제영함대 50척, 우측은 전라함대 30척, 좌측은 경상함대 30척이 맡기로 하였다. 이번에 모은 110척은 조선수군의 주력에 해당했다. 100척은 중형 판옥선이었으며 나머지 10척은 돌격임무를 맡은 귀선(龜船), 즉 거북선이었다.

사후선, 포작선과 같은 정찰선과 방패선 등의 보급선까지 모두 합치면 500척이 훌쩍 넘었으나 어쨌든 싸울 수 있는 전선은 110척으로 왜군의 1할 밖에 되지 않는 전력이었다.

그러나 세 명 모두 패배는 생각조차하지 않았다.

이순신은 지도를 접으며 자리에서 일어났다.

"이제 우리 수군의 차례일세. 육군이 잘 해주었으니 우리 수군이 마무리를 잘 지어야하네. 한 놈도 살려 보내지 말게."

"예, 장군!"

일어선 이억기와 이운룡은 절도 있게 군례를 취했다.

이순신의 제독실을 나온 이억기와 이운룡은 통제영 대장선 옆에 대기 중이던 포작선에 올라 자신의 함대로 돌아갔다.

이억기와 이운룡이 돌아가는 모습을 바라보던 이순신은 통제영 대장선 장대에 올라가 대기하던 부관에게 지시를 내렸다.

"전방으로 사후선을 보내 왜군의 위치를 파악하라!"

"예, 장군!"

부관은 곧바로 검은색 수기를 꺼내 대장선 장대 기둥에 걸었다.

검은색 깃발은 사후선을 이용한 척후활동을 의미했다.

그리고 붉은색 깃발은 일제 공격, 흰색은 퇴각, 노란색은 경계, 녹색은 진형 교체, 푸른색은 사격 중지를 각각 의미했다.

대장선에 검은색 깃발이 올라오는 모습을 확인한 통제영 소속 전선들은 검은색 깃발을 전선의 장대 기둥에 같이 걸었다.

그런 식으로 몇 킬로미터 간격으로 늘어서있던 통제영 함대 소속 50여 척의 전선은 통신을 주고받으며 작전에 들어갔다.

먼저 함대에 딸린 30여 척의 사후선이 부산을 향해 나아갔다.

마치 그물을 펼쳐 고기를 잡듯 바다를 샅샅이 훑었다.

그 중 운 좋은 사후선 한 척이 북서쪽에서 왜군의 전선을 발견했다. 처음에는 한 척으로 보여 보고를 망설였는데 그럴 필요가 없었다. 그 한 척 뒤로 수십 척의 왜선이 나타났다.

사후선의 조타수가 정장(艇長)에게 소리쳤다.

"이제 돌아가야 하지 않겠습니까?"

정장은 고개를 저었다.

"국정원에 따르면 왜선 수는 1천이다. 일부에 불과할 뿐이야."

그 사이, 사후선을 발견한 왜선이 빠른 속도로 다가왔다.

왜선은 바닥이 뾰족한 첨저선이었다.

마치 돌고래가 바다를 가르듯 그들을 향해 접근했다.

"이, 이젠 정말 돌아가야 합니다! 곧 조총사거리에 들어갑니다!"

조타수가 비명을 지르며 외쳤다.

노를 젓는 격군들 역시 얼굴이 하얗게 질렸다.

그러나 정장은 장승처럼 선수에 서서 꿈쩍하지 않았다.

탕탕!

총성이 날카롭게 울리며 왜선이 발사한 조총 탄환이 사후선 앞에 떨어졌다. 조금만 더 가까이 다가오면 그늘은 조총에 벌집으로 변할 터였다. 더구나 근처에 아군 전선은 없었다.

물고기 밥으로 변하기 직전이었다.

그나마 시야는 탁 트여있었다.

왜선은 햇볕을 정면으로 받는 반면에 사후선은 등진 채였다.

처음 보았던 왜선 뒤로 검은색의 거대한 파도가 드러났다. 처음에는 검은 해일인 줄 알았는데 거리가 가까워질수록 왜군의 대함대임이 드러났다. 왜국 수군 주력이 등장한 것이다.

"선수를 돌려라!"

정장은 고함을 질렀다.

그 순간, 왼쪽에 앉아있던 격군이 노를 젓기 시작했다.

사후선이든, 판옥선이든 제 자리에서 선회하려면 한쪽 방향에 있는 노만 저어야했다. 그래야 배가 선회할 수 있었다.

탕탕탕!

조총의 총성이 등 뒤에서 들려왔다.

조총 탄환이 사후선 옆을 때리며 바닷물이 파편처럼 튀었다.

"정지!"

조타수가 소리치는 순간, 사후선의 선수가 남쪽으로 돌아갔다.

"전속 항진!"

조타수의 명에 양쪽에 앉은 격군이 같이 노를 젓기 시작했다.

배는 물 찬 제비처럼 남쪽으로 나아갔다.

거친 파도에 휩쓸릴 듯하면서도 용케 앞으로 나아갔다.

등 뒤에서 들려오던 조총의 총성이 점점 작게 들렸다.

위험한 지역을 벗어난 정장은 방금 전에 본 광경을 사후
선을 지휘하는 함장에게 전달했다. 그리고 함장은 당연히 이
를 통제사 이순신에게 전달했다. 이순신은 지체하지 않았다.

대장선에 공격을 의미하는 붉은색 깃발을 걸었다.

"대장선이 선두에 선다! 노를 저어라! 항로는 북동쪽 방
향이다!"

이순신의 대장선이 가장 먼저 북동쪽으로 노를 젓기 시
작했다.

그리고 그 뒤를 50여 척의 통제영 함대가 바짝 따라붙
었다.

통제영 함대가 움직이는 순간, 장대 밖으로 고개를 내민
이억기가 부관을 불러 전라함대가 통제영과 보조를 맞추
게 하였다.

경상수사 이운룡 역시 마찬가지였다.

"빨리 따라붙어라! 통제영함대와 벌어져선 안 된다!"

경상함대 30여 척의 전선 역시 파도를 뚫고 북동쪽으로
향했다.

총 110척의 전선을 거느린 조선 수군은 학, 아니 독수리가

양 날개를 넓게 펼친 형태로 남하하는 왜군 수군을 맞았다.

곧 양 측의 함대는 서로의 존재를 알아채었다.

왜국 수군을 지휘하던 도도 다카토라는 주먹으로 난간을 부셔져라 내리쳤다. 불안감이 적중했다. 개전 초기, 저항 없이 부산포에 상륙했을 때부터 무언가 이상한 느낌을 받았다.

조선 수군이 왜군의 상륙을 방관할 리 없었다.

한데 조선 수군은 마치 일부러 비켜준 듯 개미 새끼 하나 보이지 않았다. 이순신에 대해 누구보다 잘 아는 도도 다카토라는 이 미심쩍은 사실을 즉시 마에다 도시이에게 전했다.

그러나 마에다 도시이에는 임진란에 참가하지 않았다.

그는 전투란 육군에서 승패가 갈리는 것으로 생각하는 사람이었다. 그래서 도도 다카토라의 보고를 믿지 않았다. 오히려 사기를 떨어트리는 행위라며 도도 다카토라를 비난했다.

그 마에다 도시이에는 백양산전투 중 전사했고 도도 다카토라는 살아남아 왜군의 무사귀환이라는 막중한 책임을 맡았다.

한데 사라졌던 조선 수군이 결정적인 순간에 모습을 드러냈다.

이보다 결정적인 순간은 없었다.

더욱이 진형이 좋지 못했다.

조선군은 왜군의 퇴로를 막은 채 싸움을 걸어왔다.

도도 다카토라는 도망칠 곳이 없었다.

북쪽으로 다시 퇴각하자니 조선 육군이 기다리고 있을 터였다.

함정에 제대로 걸린 셈이었다.

도도 다카토라는 고개를 돌려 뒤를 보았다.

역시 임진년의 전쟁에 참가하지 않은 우에스기 카게카츠는 엷은 미소를 띤 채 이 광경을 흥미롭다는 듯 지켜보았다. 그는 왜군의 1천 척 전선을 철석같이 믿는 게 분명했다.

그때였다.

포위망을 펼친 조선 수군이 거북이처럼 생긴 철갑선을 보냈다.

꿈에서조차 그를 두려움에 떨게 했던 귀선이었다.

귀선 열 척이 육중한 동체를 자랑하며 그들을 향해 덮쳐왔다.

정유재란 마지막 전투이자 최초 해전의 서막(序幕)이 열렸다.

〈10권에서 계속〉

光海
君 9